犯罪鳥歌

問罪之屍 GloryBird Crime File #1

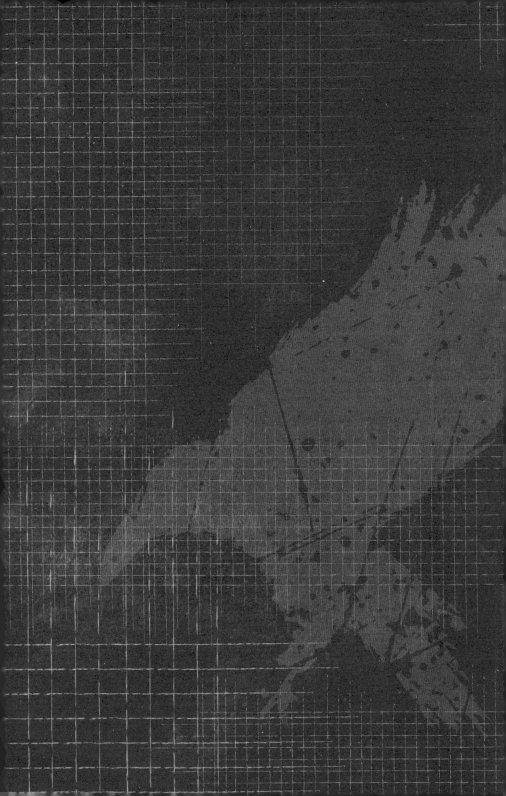

點子出版
IDEA PUBLICATION

序

我們與謀殺的距離

《我們與惡的距離》是最近一套熱門台劇，講述隨機殺人事件對兇手及受害者家人的心理影響。我們姑且在這裡借用一下它的名字，但比起這套連續劇，你手上的這本書要談論的事與你距離近得多。

謀殺。

談起謀殺，我們自不然想起荷里活電影那些連環殺人犯，又或偵探小說的懸疑兇案。即使拿起本書的你，也是抱著興趣心態閱讀此書。

但實際上，我們人生結局死於謀殺的概率比我們想像中高，聯合國數字指一年每十萬人便有七個人死於謀殺。好比喻你住在天水圍或東區等高人口密度地區，然後你每日遇見的人便有數個在一年內被謀殺。這數字還未計失蹤，以及種種原因沒被法庭判謀殺的個案。

除此之外，據統計通常殺死你的人會是你情人、伴侶、家人、朋友和同事，而非那些戴著面罩的連環殺手。當然我們不能排除這可能，誰敢低估上帝安排世事的能力？

有見及此，我們決定循著這方向，從較貼近生活但又容易忽

略的角度撰寫，從而定立出本書的四大主題。

「**警權遊戲**」：警察濫用暴力成因與反抗體制的警察下場
「**血脈傷連**」：父母因為各種難解理由害死親兒女
「**雌性殺機**」：女人殺人與男人的顯著分別與成因
「**失蹤之謎**」：失蹤懸案的恐怖

但很遺憾告訴大家，本書不會出現泰德·邦迪（Ted Bundy），那些經典（及重寫無數次）的連環殺人犯。反之我們較著重案件離奇、背後又與我們生活較貼近的凶案，例如看著女兒被無牌治癒師殺死的媽媽、被同事陷害後狙殺他們的前警察、被「虎爸媽」逼得買兇殺人的女兒等等。

這是由於我們希望延續網台節目《深夜網罪》的方針。這裡固然會有血腥驚慄的情節，但同時能帶給大家平日較難接觸的犯罪學知識，而本書案件正是我們最佳的說故事工具。

所以事不宜遲，我們趕快去第一宗凶案，並切記閱讀時反思一下自身。

重申一次，我們與謀殺的距離其實不遠。

恐懼鳥、歌歌

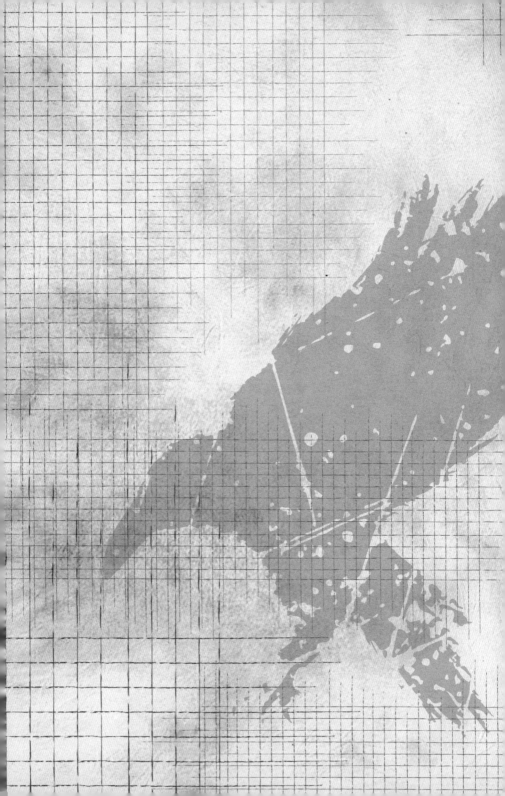

目錄

1 警權遊戲

1.1 從電槍濫殺市民談警權 —— Adam Trammell　**12**

1.2 警權無限大——The Stanford Prison Experiment　**18**

　• 犯罪冷知識：心理變態都喜歡當警察？　**24**

1.3 違抗軍令的正義軍人 —— Hugh Clowers Thompson　**26**

1.4 專殺壞蛋的連環殺手 —— Pedro Rodrigues Filho　**34**

1.5 正直警察被體制逼成殺警狂魔 —— Christopher Dorner　**42**

2 血脈傷連

2.1 女兒雇殺手殺「虎爸媽」 —— Jennifer Pan　**56**

　• 犯罪冷知識：你的子女有多大機會殺死你？　**68**

2.2 被生母遺棄而踏上成魔之路 —— David Edward Maust　**70**

　• 犯罪冷知識：連環殺手童年三大特徵　**78**

2.3 行為治療令女兒活生生焗死 —— Candace Newmaker　**80**

2.4 是人肉漢堡殺人狂還是好父親？ —— Joseph Metheny　**92**

2.5 殺死發現自己有易服癖的親兒—— Mark Redwine　**100**

2.6 我夫是個變態殺人狂—— BTK Killer 的老婆　**108**

　• 犯罪冷知識：原來奶奶都會殺人？！　**118**

3 雌性殺機

3.1 為渣男獻上親妹的女人（上）── Karla Homolka **122**

　　• 犯罪冷知識：女性犯罪學的來源 **129**

3.2 為渣男獻上親妹的女人（下）── Karla Homolka **130**

　　• 犯罪冷知識：老人院殺人護士情侶 **140**

3.3 愛上連環殺手── Richard Ramirez **142**

　　• 犯罪冷知識：誰是心理變態的靈魂伴侶？ **150**

3.4 指使男友殺死一家四口── Erin Caffey **152**

　　• 犯罪冷知識：女人最愛的殺人武器是甚麼？ **160**

3.5 禁室培慾：木箱裡的女孩── Colleen Stan **162**

　　• 犯罪冷知識：男女連環殺手大不同 **174**

3.6 反抗父權壓迫有罪嗎？── Madame Popova 和 200 名印度女人 **176**

　　• 犯罪冷知識：女人是更聰明的連環殺人犯？ **185**

4 失蹤之謎

4.1 在郵輪假期淪為中美洲性奴── Amy Bradley **188**

　　• 犯罪冷知識：你的價碼是幾多？ **200**
　　　全球人口販賣價目表

4.2 周圍鄰居也是拐子佬── William Tyrrell **202**

4.3 遺下驚慄照片的送報男孩── John Gosch **214**

　　• 犯罪冷知識：美國超市的兒童失蹤板 **220**

4.4 臨失蹤前撥出的詭異電話── Henry McCabe **222**

　　• 犯罪冷知識：衣櫃裡真有食人怪物？ **230**

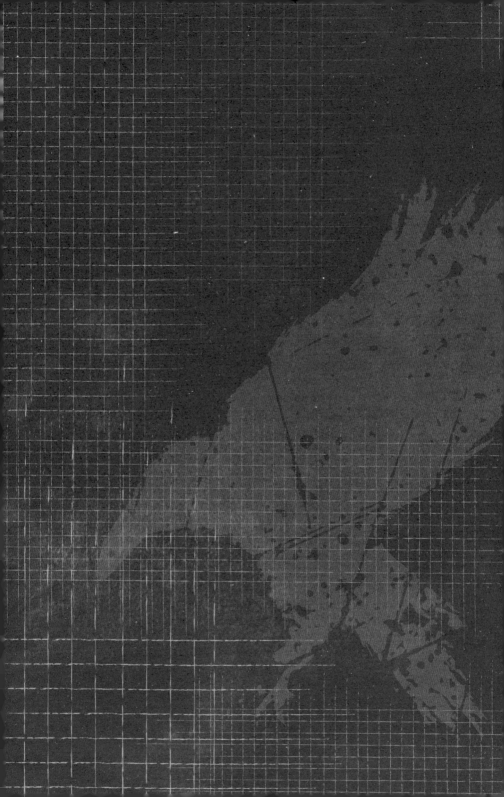

1 警權遊戲

1.1 從電槍濫殺市民談警權
—— Adam Trammell

1.2 警權無限大
—— The Stanford Prison Experiment

• 犯罪冷知識：心理變態都喜歡當警察？

1.3 違抗軍令的正義軍人
—— Hugh Clowers Thompson

1.4 專殺壞蛋的連環殺手
—— Pedro Rodrigues Filho

1.5 正直警察被體制逼成殺警狂魔
—— Christopher Dorner

從電槍濫殺市民談警權

—— Adam Trammell

　　警察，社會少數合法使用武力的團隊，這種權力固然便利了執法工作，但同時間亦帶來很多爭議。面對每天突如其來的狀況，究竟應使用多大程度的武力？甚麼情況為之過量？某一動作是出於專業、憤怒，還是恐懼呢？

　　這些問題永遠難以達成共識，更甚情況是市民與警隊看法之間的差異，往往會形成社會矛盾，繼而衍生更多衝突和糾紛。以下方血案為例，你會站在警隊所說「我們使用武力恰當，他的死與我們無關」，還是市民口中的「濫殺無辜，嗜血成性」呢？

　　2017 年 3 月 25 日，美國威斯康星州西密爾沃基（West Milwaukee, Wisconsin）警察局接到求助電話，指一位名叫布蘭登（Brandon）的男人在公寓走廊赤裸裸地走來走去，並威脅要傷害自己，看似陷入精神崩潰。

　　警方來到現場，沒有在走廊找到目標，便鎖定同層走廊一個單位，裡頭有一名叫亞當·特拉梅爾（Adam Trammell）的二十二歲男住戶。在敲門沒人回應後，警方決定破門入屋。

從有關影片中能看到，警方入屋時 Trammell 正在浴室洗澡和喝水。警方多次用「布蘭登」名字命令對方舉高雙手並走出浴室，但名叫「特拉梅爾」的男子明顯對突然出現的警察感到愣然。警方雖然沒有做出過激行為，但特拉梅爾亦不知如何反應。

　　「布蘭登，我需要你出來，否則將會被電擊。」縱使其中一名警察這樣說，但他幾乎在沒有給予任何時間作行動的情況下，便對特拉梅爾射出第一發電槍。特拉梅爾應擊倒地，發出撕心裂肺的慘叫聲。

　　「放鬆，放鬆下來。」

　　「布蘭登，你不會想我們來多發？」

　　「布蘭登，我需要你出來，否則將會再次被電擊。」

　　三名警察嘗試用溫柔的語氣說上述的話，好像這就會有魔力消除痛楚和驚恐似的。

　　然而特拉梅爾全身發軟地癱瘓在浴缸上，根本沒氣力回應警察的質問。

　　當特拉梅爾回復氣力時，他扭開水龍頭，嘗試用熱水讓自己冷靜下來，但不耐煩的警察卻想在此刻就把他拉出去。特拉梅爾

企圖揮走警察的手時，第二發電擊立即混著熱水送來。特拉梅爾再次痛得失聲尖叫，彈起來咆哮。

如是者直到特拉梅爾被拉到走廊前，一共吃了至少十五發電槍。

此時，警方發現特拉梅爾開始不受控地嘔吐，呼吸亦逐漸緩慢，最後根本完全斷氣。送到醫院時，已經被證實死亡，死亡原因為「興奮性精神錯亂（Excited Delirium）」，至於導致原因是「未確定（Undetermined）」。

除了由影片中所展示的殘暴外，另一個惹起公眾憤怒的原因是美國警方堅持當日的判斷是正確，沒有做出違法的行為，亦見不到特拉梅爾死亡和電槍有甚麼關係。所涉及的警員也沒有被解僱，或受到任何紀律處分。

或者公眾真的沒有警隊的專業判斷，但影片呈現的內容完全違反了大眾的常識直覺：對於一個全身赤裸的精神病患者，真的需要用上十五發電槍嗎？

特拉梅爾的家人每看一次有關影片便哭泣一次，並決定提出控告。他們說特拉梅爾患上精神分裂和躁鬱症，一個無害的精神病患者不應受到如此對待。況且從影片中我們能看到，其實特拉梅爾看到驀然闖入的警察，除了反應有點呆滯外，半點攻擊性也

沒有。

其實同類型案件世界各地每天都在發生，當然我們不能一概而論所有案件。但就這宗案件來看，筆者認為那三名警員是被恐懼驅使所致。畢竟浴室狹小而潮濕，再加上先前報案人的描述，很容易讓先入為主的偏見主導，繼而做出非理智的行為。

縱使筆者說警察的行為是可以理解，但這並不構成他們可以推卸責任的理由。

說到底警察理應受過專業訓練，政府給了那麼高薪水，就是要警察無論在任何惡劣情況下，都做出最理智而正確的判斷。如果左一個恐懼，右一個憤怒，就可以讓警察失準，那市民自己搞民警不就好了？

如果再延伸下去，政府及警隊高層如何處理同類型案件也是值得深思。

無何否認，政府需要顧及警隊的士氣和權威，這兩樣東西對於管治社會非常重要。（在筆者價值觀中，從來不假設政府是甚麼公平公義為市民，純粹視它為一個龐大的利益組織，以私利作行事準則。）

但在側重警隊權威時，也應留意「市民對警隊的信任」對管

治同樣重要。如果政府對警隊的處理三番四次違背了市民的常識，使到市民與警隊關係緊張，除了警隊日常工作變得艱難，間接正名化了犯罪的一方，最嚴重是市民不再從警察尋求公義，長遠會讓整個社會陷入危險的隱憂。

呃……筆者不是談論政治，這是很實際的利益問題來啊。

警權無限大

—— The Stanford Prison Experiment

上篇文章恐懼鳥寫了關於美國警察用電槍濫殺市民的文章。其實，不只是美國，很多國家／地方都常有發生警察濫權事件。究竟，從心理學層面可不可以解釋到有關的現象呢？

著名的 The Stanford Prison Experiment（史丹福監獄實驗）就好好驗證了當人擁有權力時會有的心理反應。

在 1971 年，美國心理學家 Philip Zimbardo（以下簡稱 Zimbardo）及其團隊在史丹福大學心理學系大樓地下室建了一座模擬監獄。研究小組公開招攬志願者，在模擬監獄生活兩星期，每位志願者每天可得到十五美元的報酬。所有志願者都是大學生，團隊最終在當中揀選了二十四人，他們沒有犯罪記錄，心理健康正常。二十四人當中，會隨機抽籤十二人飾演囚犯，另外十二人飾演守衛。

原本為期十四天的監獄實驗，被迫在第六天就要終止了。因為實驗團隊完全沒有想過飾演囚犯和飾演守衛的志願者，竟然異

常投入演出自己的角色，去到一個失控的地步。由實驗第二天開始，囚犯便造反，拒絕服從命令、嘲弄守衛等等，守衛就應實驗團隊要求而採取一些措施控制場面。他們拿走囚犯的食物、枕頭、毯子，脫光囚犯的衣服羞辱，用鐵鍊將他們雙腳鎖著，又把帶頭鬧事的囚犯單獨囚禁懲罰。

最後，連囚犯上洗手間的權利都被剝奪，囚犯要在囚室內大小便，還不可以定期清理。

囚犯再也忍受不了監獄充斥著便溺的氣味，又要在沒有床鋪毯被的情況下睡在地板上，生理及心理都被虐待，有好幾個囚犯最終崩潰。值得一提的是，無論飾演守衛或是囚犯的志願者，他們都可以選擇中途離開的。最終，只有兩名飾演囚犯的人，情緒嚴重出現問題，被團隊建議離開。

實驗在第六天終止的原因是因為在第五天的時候，Zimbardo邀請了他當時的同事兼女友 Christina Maslach（及後成為了他的妻子）到監獄觀察，Christina 是唯一一個到監獄視察後質疑實驗道德性的人，之前來過監獄的五十多人都沒有提出相關疑問。假若 Christina 當時沒有這個質疑，實驗可能就要再繼續下去。

這項實驗非常著名，所以我都不會花太大篇幅敍述所有細節，因為大家很容易在網上找到相關資料。那麼，我們不如深入探討當中的一些學說／理論吧！

以這項監獄實驗為例，飾演守衛的志願者，本身沒有虐待狂的傾向，為甚麼他們會使勁地剝削囚犯們的權利，想出很多點子虐待囚犯？其中一個原因是大部分人類會非常容易受環境所影響，在特定的場景，預設的角色當中，很自然地演繹意識裡這個角色應有的思想及行為。

將這個原因套用在警察濫權這個課題上，警察知道自己的責任是要維持治安，保持社會和平的氣氛。所以，任何令他們無法履行以上職責的人，無論背後是甚麼原因，這些人都被警察視為壞人。而為了有效整頓這些壞人，警察自然會行使所有權力，務求達到維持社會秩序的目的。只要能夠履行職責，就算被認為濫權、過分使用暴力，他們認為都是正確無誤的。

你或許會說：「如果換轉是我做警察，我一定不會這樣！」試想想，當年德軍為甚麼會支持納粹黨對猶太人進行大屠殺？難道全部有份參與的德軍天生心理變態？你可以推說以前人類智慧未夠成熟，思想容易受人影響。但是現在呢？宏觀世界各地的警隊，濫用權力的問題似乎愈趨嚴重，是人類思想仍未開發嗎？

史丹福監獄實驗受人關注的原因是它的實驗結果證明人類與生俱來就很懂得角色扮演，所以用這解構警察愛運用權力是恰當的。除了史丹福監獄實驗，人們通常都會用它跟米爾格倫實驗和路西法效應作合併研究，這些都是探討權力與服從的相關資料。如對以上題目有興趣的話可以自行在網上搜查一下，暫不再作更

多討論，互聯網已經有大量材料可供讀者參閱。

　　文章上半部分剖析過運用權力這方面，那麼接下來就談談「濫用」這個問題。

　　其中一個值得討論的論說是：「權力使人腐化，絕對的權力使人絕對的腐化。」這是來自英國十九世紀的一位貴族、歷史學家Lord Acton的名句。（亦有傳聞他只是參考了其他學者的說法，他並不是第一個人發明這個想法。）其實，Lord Acton 有這個想法不是沒有理據的，他自己本身是羅馬天主教教徒，對教會的獨裁主義觀察了好一段時間，非常不齒嚴重階級觀念的管理方式。

　　歷年來，有很多學者都想研究權力到底可以怎樣使人腐化，經過年月的進化，人類可有能力抵抗權力帶來的誘惑？

　　當人擁有權力，他／她可以選擇好好運用權力來幫助別人，可惜的是，無數心理學家和學者們的研究證實，人類傾向利用自己的權力去壓榨他人，從而令自己得到最大的利益。權力愈大，慾望亦隨之增加，而這種對慾望的追求是永無休止的。所以，濫用權力的情況便會出現。我們或許試從另一角度看待權力，不從執法者的角度討論，而是從兩性關係出發。

　　一對戀人或夫妻，只要其中一方是長期付出與遷就，另一方只負責接收，不論男女，最終被奉承的一方不會感到滿足之餘，

還會對付出的一方不停苛索，覺得付出的一方永遠做得不足夠。相信有戀愛經驗的人，對上述情況都很有感受，這些都有心理學家做過相關實驗而得到證實的，絕非單單從觀察所得。

從種種現象看來，我們亦會見到擁有權力的一方，是需要有他人作出配合才能夠做到濫用權力這行為。在這裡，配合就是指縱容、盲目放任，所以，濫權行為不是單向的。

另外亦有一個從生物學角度解釋的原因，瑞士已經有科學家進行過有關實驗，證實如果一個人，無論男女，體內的睪丸素水平偏高，其對權力迷戀的程度都會比一般人高。這亦都證明了為何權力與性是掛鉤的，睪丸素水平愈高，性慾亦愈強。而擁有權力的感覺是會令人上癮的，當睪丸素水平上升時，腦內的多巴胺神經遞質便會增加。多巴胺的其中一項功能就是令人感到快樂，有些患抑鬱症的病人，因為腦內缺乏多巴胺，所以需要服用相關藥物提升多巴胺水平。（患抑鬱症的原因有多種，以上只是其中一種）但如果一個人的多巴胺水平過高，除了令人上癮外，還會有亢奮的表現、缺乏耐性等等。

警察是執法者，其重要的職責是確保社會規則與成文法律不會相互抵觸。而我們現在談論的濫用警權情況，包括警察有否過份使用武力，是否違犯警察應有的操守而單憑個人的情感執法等等，都是值得令人深思的地方。而成文法律，相信是大眾比較關注的部分，成文法律本身是否公平的法律，有否偏坦執法者，有

否賦予執法者無窮的權力，全部都有極大的討論空間。

　　任達華主演的系列電影《PTU》中，其中一集有一幕經典場面，講述任達華飾演的警察，要求一名古惑仔搓掉頸上的紋身。在現實世界，大家可以在網上搜尋到巴西真人版本，片中的男孩被警察用槍指嚇著，要求他只用一隻手搓走腳上的小丑紋身，而男孩另一隻手就與另一個朋友的手被手銬扣著。據説，小丑紋身在巴西代表「Cop Killer」，即警察殺手的意思。究竟男孩是因為襲擊警察而被拘捕，還是只因為這個小丑紋身而被警察留難？就算男孩真的犯法，警察可以行使執法者的權力對他使用私刑嗎？

　　迷戀權力，可能根本就是人類天生的劣根性，只要容許你掌握權力，你或者對權力慾望的追求是無窮無盡。當然，世上永遠有機會出現例外，不過例外始終佔少數，如果你確切肯定自己是例外，這可能是你太過高估自己而已。

心理變態都喜歡當警察？

　　嚴格來說，連環殺人犯只是一個業餘身份，就像童子軍隊長、街坊組織主席。即使一個人殺完人再搶劫，都不足夠他在這生活指數偏高的社會生存。那麼連環殺人犯平常做的正職是甚麼呢？犯罪學家 Michael Arntfield 便提出解答。

　　他的著作《Murder in Plain English》中，指出考慮到連環殺人犯學歷程度不同，於是把所有職業分為技術工、半技術工、非技術工與專業／公務員四大範疇，並列出每種範疇吸引最多連環殺人犯的職業：

前三名連環殺手的技術工職業：

1. 飛機工程師
2. 鞋匠
3. 汽車維修員

前三名連環殺手的半技術工職業：

1. 林業工人
2. 卡車司機
3. 倉庫經理

前三名連環殺手的非技術工職業：

1. 普通搬運工
2. 酒店服務員
3. 加油站職員

前三名連環殺手的專業／公務員職業：

1. 警察／管理員
2. 軍人
3. 宗教人員（E.g. 神父、教會職員）

四種範疇又應以專業／公務員為參考，因為它最能衡量到在沒有學歷障礙時，連環殺手最偏好哪種職業。

Michael Arntfiel 指出它們的共通點是職業賦予他們權威去以武力／心理操控別人，這與連環殺人犯本身追求的慾望很相似。

違抗軍令的正義軍人

—— Hugh Clowers Thompson

「我（姓名）鄭重宣誓（或聲明），我將支持和捍衛美國憲法，對抗所有外國和國內的敵人；我將懷著真正的信念和忠誠；我將根據《統一軍事司法法典》服從美國總統的命令，服從軍官對我的命令。請上帝保佑我。*(I, (NAME), do solemnly swear (or affirm) that I will support and defend the Constitution of the United States against all enemies, foreign and domestic; that I will bear true faith and allegiance to the same; and that I will obey the orders of the President of the United States and the orders of the officers appointed over me, according to regulations and the Uniform Code of Military Justice. So help me God.)*」

　　以上是美軍入伍的誓詞，不同部門的宣誓字眼可能稍有不同，但大致上意思都是要對國家顯示絕對忠誠，要絕對服從總統及上級的命令。

世界各地大部分的軍人和警察都要在正式入伍前宣誓，這亦能提高個人對團隊的歸屬感。可是，絕對服從是否包括不人道的指令，例如濫殺無辜？

在 1968 年 3 月 16 日，美軍少校 Hugh Clowers Thompson，駕駛一架美軍偵察直升機飛過當時正進行越戰的美萊村，從空中見到村內疑似有大量屍體，於是便連同機上另外兩名軍人 Glenn Andreotta 和 Lawrence Colburn 降落查看。他們著陸後，發現壕溝裡滿是傷者和屍體，屍體大多是老弱婦孺，他們被手榴彈、手槍、刀等等的武器殺死，有些更死狀恐怖。

Thompson 當時沒有想到原來這是同袍發動的大屠殺，直到他叫其中一位陸軍幫忙把仍生還的傷者抬出，傷者卻被陸軍殺死，他才驚覺事情不妙，立即向中尉 William Calley 查問，Calley 説只是服從上級的命令，更叫 Thompson 做好自己的工作，別多管閒事。

與 Calley 交涉的同時，Thompson 發現士兵正向壕溝裡的生還者亂槍掃射，他和另外兩個隊員見到此情此境，覺得難以置信。

而 Calley 所説的上級就是上尉 Ernest Medina，Medina 下令士兵把所有「民族解放陣線」的士兵及支持者全部殺光。然而，消滅敵人可能只是展開屠殺的其中一個藉口，濫用權力壓榨平民為實，殺害平民、強姦女人、放火燒毀他們的小屋，士兵們完全

將自己軍人的身份拋諸腦後。另外亦有一種説法，指不久前有同袍被陷阱和地雷埋伏，導致不少士兵受傷，有五人更因此死亡，所以，滅村行動其實也包含了復仇的動機。

看清眼前事實後，Thompson 明白再爭論下去也沒有用，於是立刻和隊員返回直升機，在空中搜索附近仍然生還的村民。他們很快便發現一群手無寸鐵的女人和小孩，還有幾名老年人，正從村的東北部逃走，並看到有士兵向村民逐步迫近，情況危急。

Thompson 當刻想也沒想就把直升機降落在逃命的村民和士兵們中間，把他們隔開，同一時間，他吩咐兩位隊員把槍口對準同為美軍的士兵們，只要士兵企圖殺死村民，就瞄準士兵開槍，而他就負責游説面前的村民跟著他們離開。

他明白單憑三人之力，不能拯救更多的美萊村村民，所以，他便將直升機駛到特種部隊的總部，向中校 Frank Barker 滙報情況。Barker 知道事態嚴重，立即下令士兵們停止這場不必要的殺戮，Thompson 就和兩位隊員重返美萊村，確保屠殺已經停止，還協助受傷的村民撤離。

在這次「倒戈相向」的救援行動中，Thompson 與另外兩位正義英勇的隊員 Andreotta 和 Colburn 總共成功拯救了十一人，但嚴格來説，他們其實救了接近二萬人，因為這個滅殺行動本身是計劃進行四天的。

可惜，成為救人英雄沒有令 Thompson 得到甚麼獎賞，取而代之，當他回到自己國家後被其他美軍罵他是過街老鼠、叛徒，原因是美軍本想壓制這次事件，不想讓公眾知情，卻因為他的證供影響而令事情曝光。國會眾議員對他猛烈抨擊，主席 Mendel Rivers 公開譴責他是唯一一個應該要被處分的軍人，因為他竟然將武器指向同屬美軍的同袍，更還想把他送上軍事法庭接受審訊，幸好最後不成功（不分是非黑白是沒有國籍之分的）。

包庇紀律部隊人員，似乎亦都不分國界。在美萊村的大屠殺中，二十六名軍官和士兵包括上尉 Medina 和中尉 Calley 都被控刑事罪行，但最終大部分無罪釋放，只有一名步兵被判軟禁三年半。

在這段期間，Thompson 的日子絕對不好過，他時常收到死亡恐嚇的電話，又會收到動物屍體的郵包，患上創傷後壓力症候群、與妻子離婚、情緒持續低落導致酗酒行為及時常受惡夢嚴重困擾等等。

可幸的是，正義最終得以彰顯，雖然遲了三十年。在 1998 年，Thompson 和他兩位隊員，接受軍隊最高的榮譽，獲頒授英勇勳章。他們這個例子，亦被用作美國和歐洲軍隊的倫理守則典範之一。

Thompson 在 2006 年因癌症去世，他的葬禮得到完滿的軍

事榮譽，包括三下鳴槍禮及直升機低飛盤旋。

在上一篇講述警權問題的文章裡，我有提及米爾格倫實驗和路西法效應，前者主要證明當人類面對掌權者下達有違良心的命令時，大部分人即使明知這是不妥當的行為，都會選擇聽從及執行命令；後者主要解構人類在特定的場景／情景下，很容易將自己或他人去人性化，盲目服從權威命令，推卸個人責任等等。

有份參與美萊村大屠殺的士兵及後接受調查時，他們都不想承認自己的責任，認為自己只是服從上司的命令，沒有做錯。就連負責下屠村命令的上尉 Medina，都不肯承認自己指揮錯誤，只勉強承認隱瞞實際死亡數字這過失。

從事需要絕對服從命令的職業如軍人和警察等等，很多時都會採取一種接近洗腦的模式進行訓練（我知道這個說法很受爭議，但其實有很多商會或極端宗教組織都會有類似的手法）。

以軍人為例，要去掉個人化的身份，包括改變自己原有髮型，被強制剪合乎當局規格的髮型；被重挫個人自尊心，包括被教官以粗言辱罵、人生攻擊；大量體能訓練，目的在於消磨個人意志。將「你」完全去人性化後，就會開始重塑團隊需要的「你」，包括各種殺人訓練，加入很多團隊性的象徵，例如步操、口號等；給予錯誤的成就感，例如殺人成功後會被予以讚賞（所以在網絡上可以輕易看到軍人在殺人後，臉帶笑容的拍照）。

正如我前篇撰寫的文章所說，不是心理變態才會當上軍人、警察，而是人類的弱點根本如此。不過，這不是絕對，Hugh Clowers Thompson 就是一個很好的例子。

首先，他本身就有極優秀的獨立思考能力，另外，他能擔當決策者的角色，影響同隊的兩位隊員，一同加入拯救村民的行列。

人類是群體動物，心理學已證實人們大多數會受他人影響，想與其他同類一樣，不想被排擠，這同時解釋了為何世界擔當領導者的人佔少數，跟從他人的追隨者佔多數。這個情況也同樣發生在屠殺村民的軍人隊伍身上，他們事後個別接受問話時，有的說開頭不願意殺死女人和小孩，但見到其他隊友這樣做，又或受隊友慫恿，他們最後都豁出去了。

其實我們「犯罪鳥歌」很早就擬定好本書所收錄的題材，但剛巧寫這篇文章的時候，正值香港警民關係極端對立的時期，所以我特別有感。

讓我引用 Thompson 的其中一些名句：

「你要在生命中做出正確的決定，做出正確的決定因為那些決定是對的，而不是因為你想被表揚。（You have to make the right decisions in your life，you make the right decisions because it's the right decisions not because you want to be *recognized.*）」

「千萬不要被壞的同儕壓力影響，你有自己的良知、你的意識。（*Do not go along with negative peer pressure, you've got something in your heart*，*your conscience.*）」

「我證明了，你要相信自己有能力締造不同。（*I proved you can make a difference.*）」

專殺壞蛋的連環殺手

—— Pedro Rodrigues Filho

　　美國著名電視劇《Dexter》講述男主角 Dexter Morgan 在年幼時親眼目睹母親被謀殺，對他造成嚴重的心理創傷，使他長大後以法證部的血液鑑證官為職業，在晚上則成為專殺其他連環殺手的連環殺手。你以為這只會出現在電視劇的情節，卻活生生在巴西發生。與《Dexter》最不同的是，現實故事中的主人翁是以盜竊為生，而殺的都是各式各樣的罪犯。

　　坦白說，當我初次讀到關於這個自 1900 年有紀錄以來，殺人數目位列於頭十名的連環殺手故事時，心裡感到無比驚訝。我以為自己有十多年閱讀連環殺手故事的經驗，應該對詫異的感覺免疫，原來不然。平時我們將難得一見的事情，會用「比電影或連續劇更荒謬」的比喻去形容，用這去描述今次的故事，一點也不誇張。這個殺了超過七十人（自稱數目達到一百人），最高紀錄一天殺七人的連環殺手，有著非常不平凡的人生。

Pedro Rodrigues Filho（以下簡稱 Filho，另外亦被叫作 Pedrinho Matador）在還是胚胎時，母親長期受父親的暴力虐打，導致 Filho 在母體內已頭顱受損。

自出生後，父親的家庭暴力行為從沒停止，Filho 與母親都是家暴受害人。有多個研究證實，一個兒童在充滿言語暴力和肢體暴力的家庭下成長，無論作為直接受害者，還是長時間目睹暴力的發生，所受的身心傷害都是相若的。而家暴帶給兒童的影響，最基本可分為兩大類：

生理層面：兒童有機會發生體重及飲食失調、尿床、語言及認知能力較差，甚至阻礙腦部發展等等。

心理層面：經歷家暴的兒童會較容易有反社會人格、焦慮、恐懼、情緒低落等的情況。

除此之外，還有機會出現其他行為問題，包括比沒有經歷家暴的兒童更容易有暴力傾向或較喜歡使用暴力解決問題。

當然，導致一個人成為殺人狂、連環殺手的原因繁多，永遠不可能一概而論。但按照最基本的先天因素加上後天環境來分析，Filho 在各個方面都有著變成連環殺手的要素。

他第一次殺人的經驗，是在十四歲時發生，他殺死了鎮內的

副市長。事源他父親在學校當守衛，被誤會偷了學校的食物，所以被革職。於是，Filho 在大會堂前用手槍射殺副市長。之後，他更把真正偷食物的賊人殺死，其心狠手辣的形象已見雛形。

為了逃避警察的追捕，他逃亡到聖保羅，進行一些盜竊活動，還殺了一個毒販。在那裡，他遇到了喜歡的女孩——Maria，倆口子一起過了快樂的生活不久，Maria 便被黑幫殺死。Filho 感到悲痛萬分，然後便展開如電影橋段般的復仇大計。

他一直追查，中間殺了數名和事件有關連的人，並對他們嚴刑敲打，為的是要查出真正殺死 Maria 的黑幫成員。

還未從愛人死去的傷痛復原之際，Filho 又要面對另一個打擊，他父親用刀砍死了母親，被警察拘捕後要困在監獄裡，他在探監時，用刀狂剌爸爸二十二下，把他殺死。

最恐怖的是，沒有吃人肉癖好的 Filho，竟將父親的心臟挖了出來，然後吃掉。（巴西這類南美國家，監獄的保安措施都非常寬鬆。）其實巴西遠在數百年前已有吃人文化，他們除了會吃死去的人以示尊重和作為悼念的一種方式外，亦會吃敵人的肉代表最深的仇恨，所以 Filho 吃了生父的心臟以表示憤恨。

最後，Filho 在 1973 年 5 月，亦即是他十九歲那年，被警方拘捕。但在拘捕的過程中發生了小插曲。他被安排與另外兩名罪

犯，當中包括一名強姦犯，坐在同一輛警車內。過了一會兒，當警察打開車門時，他們發現 Filho 竟然殺死了那名強姦犯。

殺死強姦犯只是序幕，Filho 在入獄的生涯中，殺了最少四十七名同囚的犯人。據他所說，被殺的全部都是死有餘辜的人，因為那些都是跟毒品、性侵案有關的犯人。他殺死那麼多囚犯，有些還可能是黑幫要員，自然會惹來很多仇家。有一次，他被幾個囚犯突襲，他單憑一己之力，殺掉三名襲擊者，再把另外兩名襲擊者打至重傷，除了我們俗語所講的「好揪得」之外，實在很難找到其他更貼切的形容詞。

對於 Filho 為何好像身懷絕技，有超級強大的戰鬥技能，我查閱了很多英文版本的資料都未有提及。從媒體的相片和影片可以得知他個子不算高，皮膚黝黑，滿身肌肉，最吸引眼球的是那些紋身圖案，佈滿整個身體。不過，這類外型的男人在南美國家並不罕見，應該不是他勇猛善戰的原因。

關於哪個囚犯會成為被殺目標這部分，答案都是 Filho 隨機選擇的。有時候，他或會因為一些特別原因而殺人，其中一次，他就因為同囚室的囚犯鼻鼾聲太大而把囚友殺掉。相信各位讀到這裡，心中都有同一個疑問，為甚麼巴西的監獄容許一個囚犯殺死為數那麼多的犯人？

巴西是一個貧富非常懸殊的國家，貪污舞弊嚴重，各種犯罪

活動亦都十分活躍。在監獄裡，囚犯互相毆鬥已經屢見不鮮，獄卒都見慣不怪。

而且，巴西有項非常荒謬的條例，無論一個人謀殺了幾多人，最高刑罰都是監禁三十年。所以，我們可以當作陰謀論來看，政府有可能為了省錢的緣故，不希望監獄裡有太多的囚犯，就算監獄裡有再多的犯人被殺害，就當作是幫國家省點錢吧！

至於其他監獄以外被殺的人，全部都是職業罪犯和毒犯。Filho 會鎖定目標的姓名和地址，找到後會直接殺死他們，不過如果被惹怒的話，他有可能會將獵物虐待至死。雖然 Filho 殺人的數量極多，但案發地方始終不是以英語為主要語言的國家，除了受公眾關注的程度沒有那麼高外，能找到的英文版本資料亦非常有限。

有說他 2018 年已被釋放（期間亦曾經被釋放，後來因犯事而又再被監禁），現正過著簡單的生活，因為信奉了基督教而醒覺自己以前殺人的行為是錯誤，更開設了 YouTube 頻道，用自身經歷勸勉年輕人遠離罪惡。

我很難查證以上資訊是否全部屬實，但我曾經花了很多時間在 YouTube 搜尋有關他近期的影片。屈指一算，他現在已是花甲之年，相信歲月應該會在他的外表或多或少留下痕跡，我就憑藉這一點，找到一些看似跟傳聞吻合的資料。由於我不懂葡萄牙語

的關係，所以只能憑影像及影片的上傳日期推測 Filho 現在的生活情況。

終於，讓我找到了疑似是他的專屬頻道「Pedrinho Matador o crime nao compensa」，頻道上傳影片的速度很頻密，影片內容盡是記錄他的日常生活，包括練習拳擊、進行耕作、普通閒聊、接受媒體訪問等等。從畫面中見到他滿頭白髮，臉上亦有皺紋，身材有些發福，但肌肉尚算結實。

法律面前真的人人平等嗎？我本人不相信。嚴格來說，不是我相信與否的關係，而事實是，法律根本從來沒有平等。有人殺了一個人，要一輩子受牢獄之苦；有人殺了幾個人，監禁數十年後卻可重獲自由。如果法律不平等，那麼你覺得 Filho 這位地下判官做得好嗎？你認同他用極端手段對付其他壞人嗎？壞人的定義是甚麼？他本身都干犯多項盜竊罪行，那麼他自己又不是壞人嗎？

懷著仇恨而殺人，導致 Filho 大半生都在監獄裡度過，現在放下屠刀過著平淡的生活，可以是因為不同的原因，始終他跟絕大部分的連環殺手殺人的目的不一樣，其他連環殺手都是為了一己私慾，滿足性慾、權力慾、變態虐待慾等等，而被害對象都是比他們弱小的人。會像 Filho 專殺犯罪者，數目如此多的，他算是唯一。我絕對沒有意圖神化殺人犯，因為在任何情況下，沒有人可以剝奪他人生命。不過，當法律都保障不了的環境下，我們

可以有甚麼方法解決問題？這是有極大的思考空間。

幾乎所有殺人犯都被專家認為有不同種類、程度的精神病或人格疾患，Filho 也不例外，他被評定為心理變態、反社會人格、妄想症患者，以暴力肯定個人自我價值等等，這些專有名詞很多都與個人的童年經歷有著莫大關係。

童年經歷是「犯罪鳥歌」經常提及的一個要素，這在塑造一個人的思想與行為上佔著很重要的角色。可惜的是，兒童沒有能力去為自己建立健康的童年生活，這方面需要父母提供相關的愛和保護；更可惜的是，不是每個父母都願意或能夠給予愛和保護；最可惜的是，我們根本不能選擇誰做我們的父母。

正直警察被體制逼成殺警狂魔 鳥/歌

—— Christopher Dorner

當筆者撰寫這篇文章時，香港警民關係跌到繼 2014 年後另一個冰點。近年警察過度使用武力問題一直是全球焦點，香港有案例，美國、甚至全世界也有。本書其他篇章亦有就此問題作出討論。

然而，關於警察體制有另一問題卻經常被公眾忽略：警隊內部欺凌文化。

眾多調查顯示，無論外界治安環境多惡劣，所帶給警察的壓力相對地低。反而是繁重的文書工作、惰性公務員體制等問題成主要壓力來源，當中又以從上傳下的欺凌文化最令人苦惱。

英國工會大會（Unison）曾在 2015 年進行調查，發現有 26% 當地警務人員認為警隊欺凌問題達嚴重至非常嚴重。雖然這數字未過一半，但足以反映其問題嚴重性，畢竟欺凌從來是一大

夥人對少數人。

欺凌者與被欺凌者通常是上司下屬關係，由最高層像水壓般延伸到下層員工。具體表現包括職場上不公平對待、無理要求、日常言語騷擾、肢體衝突。這些欺凌又能按種族、性別、性向、教育程度與政治取向不同而劃分。

在訪問調查裡，研究員表示不時聽到警員説「街外那些混蛋我能應付，那些躲在冷氣房的人渣才是真正的麻煩！」類似言論。

當然你會想粗男傑女窩在同一地方，很難沒有欺凌出現？大伙兒也是抱關著玩的心態。但美國加州在 2013 年，便發生一宗連環殺人案，證明欺凌如何讓一名正直警察被壓迫成美國史上最恐怖的⋯⋯

殺警狂魔。

「我是 1% 的人」

克里斯多福・多爾納（Chrstopher Dorner）從小的志願便是當一名警察。

他出身於 1979 年的洛杉磯奧蘭治郡（Los Angeles, Orange

County），一個相對富裕穩定的住宅區，然而這也令到多爾納的黑色皮膚在社區裡格外顯眼。

　　幾乎自小學開始，他便是班上唯一的黑人，很自然成為班上的欺凌對象。年幼的多爾納經常與欺凌者在學校操場打鬥，並受到紀律處分。但多爾納沒有因此混入那些黑人犯罪幫派裡，反而立志成為一名警察，捍衛公平兼伸張正義。

　　多爾納從小便為警察夢鋪路。他在中學時便參加少年警訊，大學時是校隊足球員。在 2001 年畢業後應徵海軍陸戰隊，成為後備軍人。他在軍隊裡以神乎其技的槍法贏得數之不眾的徽章。最終在 2006 年加入洛杉磯警隊。

　　多爾納不是滿腦肌肉的大塊頭，他熱衷於參與政治，並抱持開放價值觀。他明確支持同性婚姻、第三波女性主義，甚至槍械管制……雖然他後來用重火力傷了不少警察。

　　大學好友詹姆斯・烏塞拉（James Usera）形容多納爾是個「聰明善良的人……講誠信亦注重誠信，也是個非常可愛的人。」

　　2002 年，他更試過拾到一個裝有約八千美元現金的包裹並主動交給警察。後來證實那些現金屬於當地一間教堂。被記者訪問時，多爾納回答：「這事關正直。」、「如果人們樂於將其捐給教堂，那麼對他們來說一定意義重大。」他更反復強調母親教導他做

人要誠實、正直。

所以大家可以看到，多爾納是個如假包換的正直人，但為何這個男人最後會成為殺警狂魔呢？

或者問題就出在他的正直。

「警隊羅生門」

2007年6月18日，警員多爾納來到聖佩德羅（San Ped-ro）一所酒店，處理一宗思覺失調病人騷擾案。該名病人叫克里斯托弗·蓋特勒（Christopher Gettler）。由於多爾納還是見習警員，所以隨行還有一名訓練官特蕾莎·埃文斯（Theresa Evans）。

案件兩星期後，埃文斯遞交了多爾納的評估報告，說他作為警員還有多方面需要改進，報告詳細內容至今仍未公開。隔天早上，多爾納也上呈了投訴報告，指埃文斯向那名精神病人噴射胡椒噴霧，再用腳踢他的臉兩次，屬於非必需性武力。

然後審訊便開始，這亦是血案的開始。

處理多納爾投訴報告的檢察官叫蘭德爾·泉（Randal Quan），也是該分局前警長。審訊初期，他們傳召了數名證人，包括多納爾。但除了多納爾，沒人見證埃文斯曾踢蓋特勒臉部。即使蓋特勒說有，他父親亦做擔保，但礙於精神狀況而不被採用。

然後形勢一下子翻轉，蘭德爾聯同另外兩名警官反告多納爾作假證，原因是他害怕埃文斯的報告會影響他升遷。不久，多納爾短暫警員生涯便告終，甚至連在軍隊的徽章也被褫奪。

多納爾朋友說那段期間他患上嚴重抑鬱。不單止與朋友疏離，甚至連摯愛的母親也避而不見。「你可以叫他任何東西，唯獨不可叫他騙子。」好友向記者說的話或者能總結多納爾的心情。

無法完成童年志向已是一大打擊。作為一向注重誠信的男人，現在被稱為騙子更萬萬不可接受。他回憶起童年學校的操場，反而自己奮鬥那麼多年仍逃不過歧視欺凌的魔爪，即使警隊也不例外。

於是乎他決心改革這個他一直嚮往的地方，這個充滿腐敗的警隊。

用血。

「一人抵百警」

2013 年 2 月 3 日黃昏，莫妮卡‧泉（Monica Quan）與未婚夫基思‧勞倫斯（Keith Lawrence）坐在私家車欣賞日落餘暉。就像所有準婚情侶，他們滿懷憧憬談論婚禮各種細節。

只可惜數秒之間，幾顆迎面而來的子彈摧毀他們所有美夢以及人生。

原因很簡單，因為莫妮卡是檢察官蘭德爾的女兒。

「我失去了組織自己家庭的機會。」多納爾在他的殺手宣言寫道：「所以我摧毀你的。」

在這對情侶死前兩日，也是多納爾被正式革除那日，他寄了一個包裹給 CNN 記者。裡頭有一片 DVD 錄下他對警隊的控訴，有一塊被子彈打歪的硬幣，還有一張寫著「1MOA」的紙條。意指那塊硬幣是在一百米外被擊中，證明自己射擊能力的強大。但當時記者對內容不以為然。

然後多納爾又在網上刊登一份長達十三頁的殺手聲明，比起記者那段影片，這份聲明直接得多。他承認檢察官女兒是他殺的，並列出一張「殺手名單」，上頭寫著四十多名警察名字與他們犯過的罪行。

「沒人長大志願做殺警狂，這違背我所有的渴望。」多納爾如此寫道：「我不想為謀殺狡辯，但我要把警察部門所做過的事放到鎂光燈下，逼使他們運作透明。」他指示記者能從他提供的資料挖出更多警隊黑幕。

最後多納爾強烈要求警隊澄清他的名聲。

面對多納爾的公眾質詢，洛杉磯警方的回應是調派數千名警察，十多台直升機追緝這名叛逆，這次洛杉磯警局史上最大規模的追緝行動亦正式展開。

2013 年 2 月 7 日凌晨一時，兩名警察正前往「安全屋」保護多納爾要殺的人。途中在科洛納（Corona）一所油站遇上路人報告，說在不遠處看到疑似多納爾的黑人。兩名警察立即前往報告地點，並於那處找到一輛灰黑色小貨車，隨即展開公路追逐戰。

只是狡猾的多納爾在追逐過程驀然煞車，拿著步槍跳出車廂連發兩下，一顆子彈命中其中一名警察頭顱，另一顆則打偏。沒事的警員為了受傷同伴安危不得不停止追捕。

二十分鐘後，多納爾駛到旁邊城鎮。他知道援軍很快到達，於是他駛過一輛停在紅綠燈前的警車時，毫不猶豫對兩名駕駛座裡的警員開槍。一名警員當場死亡，另一名從危殆中救回。

同一晚凌晨三時，多納爾潛進一艘船並綁起船長，説要逃到墨西哥，但因為不明原因最後沒有這樣做。

2月8日，警方開始就多納爾的車輛進行全國搜捕。但由於灰黑小貨車實在太普遍，但警方又因為害怕多納爾而變得神經質，以至四名擁有灰黑小貨車的車主被無辜槍傷，當中包括兩名送報紙女士，慶幸沒人死亡。

但在同一天，警方在大熊湖（Big Bear Lake）找到多納爾貨車的燒毀殘骸，馬上派出數百名警員封鎖周邊一百公里，所有店舖與學校緊急關閉，進行地毯式搜查。隔天早上，警方亦宣佈多納爾為「國家恐怖分子」，懸賞金為一百萬美元，生死皆可，國內所有持槍人士立即蠢蠢欲動。

多納爾正式成為全國公敵。

「最後圍剿」

儘管面對重重包圍，再加上風雪降臨，強勁的多納爾仍在警察眼皮下躲藏整整三天。

直到2月12日，一對夫婦與兩名清潔工人意外發現多納爾原來一直躲藏在自己大屋裡。多納爾迅速把屋內的人綁起，擔保

不會殺死他們，然後駕駛屋主的私家車逃離現場。過程中，他又騎劫了另一台貨車。

下午十二時四十五分，駕駛貨車的多納爾在積雪公路上，迎頭遇上一夥漁業野生動物局看守人，雙方隨即展開追逐戰。他們駛到山林地帶時，多納爾下車與多名看守人駁火。他成功用步槍擊中兩名看守人，當中一名搶救不治死亡，自己則絲毫無損逃脫到密林裡小屋。

但上天老是愛開玩笑，那所木屋碰巧在警察臨時大本營的旁邊。

該建築本身駐守最大量的重裝警察，這樣一人對整支軍隊的大戰一觸即發。多納爾成功槍傷數名警官後，退守到小木屋裡，自己也身受重傷。

警方首先對木屋投射「冷」催淚彈，但多納爾沒有任何回應。然後他們又出動到建築機械，把木屋拆至只剩基本牆，多納爾仍舊躲在裡頭，寧死不屈。

最後警方不得不投射「熱」催淚彈。與冷催淚彈的分別是，熱的催淚氣體極度易燃，曾在邪教「大衛教派圍剿案」裡殺了七十六名邪教徒。有見及此，木屋很快化成雪地上的一團烈火，但多納爾仍不見蹤影。

不久，火團在警察包圍裡傳來一發槍聲。

然後，然後就沒有了。

「是世界的錯？還是他的錯？」

2月14日，法醫宣告屍體為多納爾，並死於自殺，為整場轟天追逐戰落下謝幕。而先前所講的一百萬美元獎金，則由任何提供重要線索的市民攤分。

至於多納爾在宣言提出的要求，就當然沒回事。

雖然沒有確實證據說多納爾當初是被冤枉，個人來說，筆者相信真有其事。因為一個人如果不是對正直如此執著，沒人會拋棄正常生活而當上亡命之徒，但亦因為這種偏執害他走上魔道。

曾經有警官接受記者訪問時表示，多納爾根本從頭到尾不適合當警察，因為他控制不了自己。

但何謂控制？即是對不公的事睜一眼閉一眼？對霸凌忍受？

再者，美國民眾很快問了一條問題，多納爾整個成長階段都是警隊軍方組織培養，究竟哪一個步驟出錯催生殺警狂魔？還是

正如他所控訴是警隊問題？

　　筆者一向服從現實主義，從來沒對警察以至所有組織抱持理想性幻想。儘管如此，一個正直的人淪落如此下場仍然令我納悶。

　　筆者不認為由組織衍生出來互相包庇等劣根性能輕鬆消除，因為那就是我們的本性，但或者多納爾的個案告訴我們，一個組織制度無論多腐敗，必須維持一定程度公正，否則自然會產生反噬來抗衡。

　　說白一點，就是更多多納爾出現。

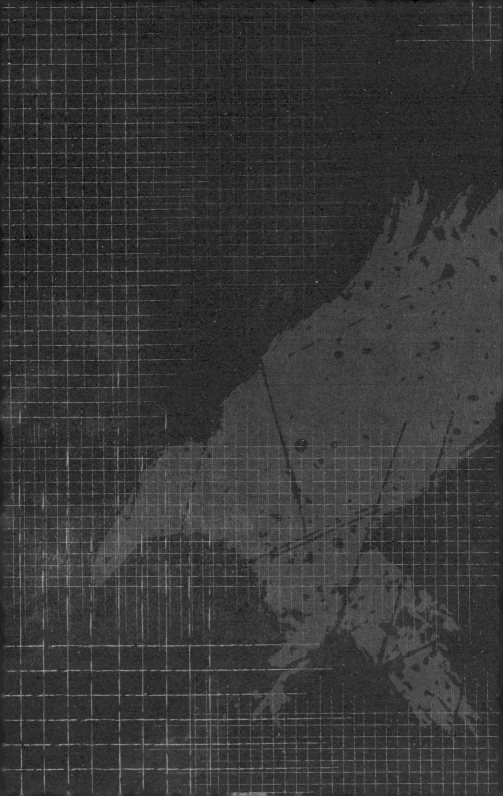

2 血脈傷連

2.1 女兒雇殺手殺「虎爸媽」
—— Jennifer Pan

• 犯罪冷知識：你的子女有多大機會殺死你？

2.2 被生母遺棄而踏上成魔之路
—— David Edward Maust

• 犯罪冷知識：連環殺手童年三大特徵

2.3 行為治療令女兒活生生焗死
—— Candace Newmaker

2.4 是人肉漢堡殺人狂還是好父親？
—— Joseph Metheny

2.5 殺死發現自己有易服癖的親兒
—— Mark Redwine

2.6 我夫是個變態殺人狂
—— BTK Killer 的老婆

• 犯罪冷知識：原來奶奶都會殺人？！

女兒雇殺手殺「虎爸媽」

—— Jennifer Pan

漫長人生最痛苦是哪段時間？成年？老年？我會答是「青春期」。

成年世界固然多壓力，但憑藉多年間所累積下來的經驗，縱使壓力令人折騰但仍知曉應對方法。相反，青春期是脫離兒童世界後，第一次獨自面對洶湧而至的人生難題，情況宛如離開母親的小鹿在黑暗森林裡遊蕩，稍微風吹草動都嚇得亂衝亂撞。老師一句說話足以讓你惶恐整天，朋友一句嘲笑便會質疑自己，學分一有下跌彷彿世界末日。

當你拚命掙扎，在挫折泥漿裡翻滾，過五關斬六將般排解學業、朋友、自我等難題後，大約在十八、十九歲後，你還要迎擊青春期最後的頭目：你的父母。因為獨自在森林遊歷後，你發現自己喜歡高山，但父母想你留在平原。

你的「好」已經與父母的「好」截然不同，但父母眼中你仍然是未有掌舵能力的小伙子，於是這場爭奪人生主導權的大戰無可避免地展開。

當然，實際關卡難度由父母與孩子性格而定，但千萬不要看輕這場戰爭，因為一旦稍有差池，它不再只是口舌之爭，希臘神話裡宙斯殺父的血腥情節將在平房客廳裡上演⋯⋯

「虎爸虎媽與女兒」

故事從一對越南難民開始。1979 年，越戰結束了四年，但越南國內狀況仍然混亂不堪，大批人潮以難民身份逃往加拿大，而潘漢輝（Huei Hann Pan）便是其中一個。

潘漢輝到達後不久遇上同是越南難民的何碧霞（Bich Ha），兩人很快便在加拿大結成夫婦。

正如大多數難民的人生，潘氏夫婦過著刻苦耐勞、節儉躬行的生活。到 2004 年，兩人已經成為「中產家庭」，有棟兩個車房的大房子，數輛名貴私家車，還有頗為可觀的儲蓄。當然任何「完美家庭」也少不得兩名兒女，十八歲的珍妮佛潘（Jennifer Pan）和十五歲的費利克斯潘（Felix Pan）。

潘漢輝對他們非常嚴格，或許導致這種「虎爸」形成主要是兩種心態失控作祟，「彌保童年的錯失」與「要超過現在的我」。

換個角度看，就是以「我的經驗」出發去衡量子女的將來。如果設身處地想，從小未能接受正規教育與現在小獲成就的潘漢輝，自然對子女學業有不合理地高的期望。

珍妮佛四歲時，潘氏夫婦便給她報讀鋼琴課程與花式溜冰班。他們可不是單純「為了培養興趣」而去報名，而是誇張得以「鋼琴國際比賽與 2010 年奧運」為大前提。當然珍妮佛都不負所望，客廳玻璃櫃的獎牌數量隨歲數增長塞得滿滿。學校成績自然亦必須一直保持在名列榜首。

然而，背後代價卻是珍妮佛的童年生活。珍妮佛每天放學便馬上被父親接走，直接去學音樂或溜冰，回家後還要趕作業溫習，很多時候深夜才能上床睡覺。

除此之外，他們亦「絕對控制」她的所有娛樂，包括不准許珍妮佛與同齡孩子玩耍，不准觀看「低俗媒體」，假期只能與他們渡過，那些「很有嫌疑」的學校舞會與聚會當然無一例外，總之無時無刻都監視住她。

在潘氏夫婦向旁人炫耀「成功教育」時，十二歲的珍妮佛已經悄悄透過割手自殘來洩憤。

縱使如此，珍妮佛在同學面前仍然裝著一副「過得好好」的樣子，他們都形容她易於相處而且喜歡大笑。然而背後痛苦只有珍妮佛一個人承受，她像是輪子上的倉鼠，總是忙於滿足父母的期待，卻永遠無法真正達到。她沒贏得滑冰比賽第一名便感到羞恥，沒成為畢業禮代表生便深受打擊。自我懷疑的陰雲一直籠罩住她的成長道路。

到高中時，珍妮佛的成績開始下滑。其實算不上一落千丈，只是由原來的「頂尖」跌到「高於平均」，全 A 變全 B，但對於事事要求一百分的潘氏夫婦來說已經不能接受。太過畏懼父母的珍妮佛於是乎萌生一計，找來以前的成績單與膠水剪刀，再配上打印機偽造一張全 A 的成績表。

這其實只是一個小小青少年的謊言，相信不少人都做過，但得以逃避巨大壓力的珍妮佛像初嚐毒品般，一發不可收拾。

夏去秋來，珍妮佛一直用各種小謊言來逃避父母的壓力，但來到高中最後一學年時，珍妮佛終於因為微積分不合格而失去考進心儀大學的資格。那天對於珍妮佛來說簡直世界末日，「我父母會殺了我！」這句説話無論隱喻或直白都毫不誇張。

但從偽造成績表領悟到「逃避可恥但有用」的珍妮佛，為了逃離這個史前無例的壓力，她決定扯下了一個更大的謊言：偽造大學入學記錄。

珍妮佛對父母說考進了懷雅遜大學（Ryerson University），計劃在那裡修讀兩年科學，然後轉到多倫多大學修讀藥劑學——幾乎所有亞洲父母都想子女入讀的學系。不難預計潘氏夫婦聽到消息後當然樂透了。他們馬上買了一台新電腦給珍妮佛。在稍後日子，珍妮佛甚至將貸款偽造成獎學金，自製一疊科學筆記，營造一個在大學好好上學的日子。

　　但實際上，珍妮佛做的只是每天去咖啡店坐，或到圖書館看書。她亦找了一份鋼琴教師賺錢過活。

　　音樂是她直到高中畢業時仍然非常優秀的一科，同時也是她夢想的道路。然後夜晚則與她的秘密男友丹尼爾黃（Daniel Wong）會面，兩人直到兇案發生前都過著柏拉圖式戀愛。

　　你看看這女孩多卑微！她獲取自由後不是玩樂放縱，而是打工和約會。她渴望的其實只是所有年輕人都視之理所當然的平凡生活。

　　就這樣，珍妮佛用謊言換來數年的歡愉。那是她自出娘胎後最快樂自由的日子，但她怎樣也沒想到這將是整段人生最後的快樂日子，因為當謊言被揭穿的一刻，代價不單止吵架罵戰，還有她家人的性命……

「甚麼是惡魔交易」

謊言終有被揭穿的一天。

時光飛逝，轉眼間已經到大學畢業的季節。珍妮佛對父母說多倫多一所聲望很高的兒童醫院化驗室聘請了她做夜班醫護人員。但潘氏夫婦卻察覺到女兒不單止沒有醫院工作證，亦沒有醫護制服，之前所謂的「畢業典禮」更沒有邀請他們出席。

生性多疑的潘漢輝於是在某天晚上，提議開車送珍妮佛到醫院。縱使珍妮佛多番拒絕，但最後還是被逼屈服，只是車一停下，珍妮佛便跑進醫院裡。

珍妮佛看到悄悄尾隨的雙親，嚇得躲在急症室數小時，直至看到他們離開的身影。

第二天早上，不甘心的潘漢輝打給珍妮佛的朋友繼續調查真相，在多番質問下，其中一個朋友吞吐地道出真相，潘氏夫婦當場如雷轟頂。

那天晚上的萬錦市雖然風平浪靜，但潘氏的家宅卻捲起一陣狂風暴雨。勃然大怒的潘漢輝毫不留情地辱罵珍妮佛，吼叫著要把她逐出家門。這可不是意氣說話，他連行李都準備好，因為他打從心底認定這不肖女害他家族蒙羞。

但在老婆何碧霞勸阻下，潘漢輝最後還是讓珍妮佛留在家裡，取而代之的懲罰是二十四小時軟禁，全方位監察她的一舉一動，直到完成大學學位為止。

他們亦沒收了珍妮佛的手機與電腦，並禁止她與丹尼爾繼續交往，縱使那時候珍妮佛已經二十四歲。

現在回頭一看，或者當時放逐珍妮佛才是較好的選擇。潘漢輝的憤怒是絕對合理，珍妮佛亦應為自己的謊言負責任，但畢竟珍妮佛已經是成年人，這種虎爸式懲罰是最不適當。

潘漢輝未意識到女兒根深柢固的問題是「用說謊來面對困難」，而不是「逃避學業」。

珍妮佛雖然聽從父母指令，把高中微積分課完成再報考大學，但當下次人生再面對困難時，她必定再用說謊來解決，這才是逐步推向最後悲劇的根源。

就在軟禁期間，心軟的母親偷偷把手機還給珍妮佛，希望與朋友通訊能令女兒好過點。

然而珍妮佛卻發現她不在的時間，男友丹尼爾終於厭倦了這種高壓式戀愛，轉而與其他女孩約會。得悉事件的珍妮佛，正如我們所說，再一次編織各種謊言去詆毀那些女孩，強行把丹尼爾

拉回身旁。

這次挽救雖然成功，但進一步扭曲珍妮佛的價值觀，同時令她意識到父母的壓迫最終會危及與男友的關係。要知道二十多歲的珍妮佛仍然沒有太多朋友，沒有試過喝酒玩樂，丹尼爾是她人生的所有。就這樣，「要是父母消失了」這邪惡念頭開始在珍妮佛腦海悄悄萌芽⋯⋯

但導致最後血案，不是珍妮佛一手推成，因為當珍妮佛向男友傾訴「父母消失」這想法時，丹尼爾不單沒有阻止，反而化身惡魔從不知哪裡找來三名街頭殺手，Lenford Crawford、David Mylvaganam 與 Eric Carty。

珍妮佛起初都略帶猶豫，但丹尼爾向她描繪一個「兩人拿著父母遺產過著自由生活」的美夢，讓她不得不為之墜落。

在來回掙扎後，珍妮佛最終答應了這場惡魔交易。

血案發生在 2010 年 11 月 8 日，那天深夜，待家人熟睡後，珍妮佛打開前門的鎖，然後點亮書房的燈，這是給殺手們的訊號。三名持槍的殺手很快走入房子，用槍桶住潘氏夫婦的臉與後腦，把他們趕到客廳。

假裝受害的珍妮佛帶領殺手拿取家裡的現金。慌亂一團的潘

氏夫婦用粵語互想安慰，但仍然不忘用英語懇求殺手不要傷害自己女兒。

究竟珍妮佛那一刻聽到父母為自己哀求有否一絲傷痛？我們不知道。或許時間都不容許她有甚麼感覺，因為殺手拿過錢後，隨即把潘氏夫婦趕到地下室逐一槍決。何碧霞腦中三槍當場身亡，潘漢輝則身受重傷，僥倖生存下來。

珍妮佛待殺手們逃走後，聲色俱厲地打給警察報警，然而她不知道早已醒來的父親偷聽到她與殺手們離別前的「交易對話」。

直到母親的喪禮，珍妮佛、弟弟費利克斯與康復的潘漢輝依然一起出席，但其實那時候警方憑著父親的證供與通訊記錄，早已鎖定珍妮佛為最大嫌疑人。

面對警察質問，中毒已深的珍妮佛仍然拋出各式各樣的謊言來面對，甚至警局派最厲害的警探，用殺手鋼紅面白面來逼供，珍妮佛仍然只吐出一半的真相，說她請殺手來殺自己，而非父母。縱使如此，這都足夠警方正式拘捕珍妮佛。法庭判珍妮佛、其男友丹尼爾黃與三名殺手終身監禁，二十五年內不得假釋。

潘漢輝在審判時寫道：「當我失去妻子時，我也失去了女兒，我已經沒有家了……有人說我活下來是幸運，但我覺得自己也跟著死掉。」這樣說沒有錯，因為妻子間接被女兒殺死後，過往所

有令他快樂生活趣味都索然無味，連原本裝潢漂亮的房子都顯得異常醜陋。

潘漢輝與費利克斯各自搬到不同地方居住，因為「家」這個字已經變成他們心中的一把錐心刺。

至於珍妮佛，她終於如願以償，完整地擺脫家庭的約束。因為潘漢輝經律師下了一道禁令：終身禁止珍妮佛與父親及費利克斯來往。珍妮佛在庭上哭喊道：「我想要家人在我身邊，我想要他們接納我，我不想孤獨生活……我也不想他們拋棄我。」

惡魔的交易就是，牠會給你字面上祈求的東西，但奪走你內心確實需要的事物。

「沒有罪人的悲劇」

不時有人問筆者看過覺得最恐怖的個案是甚麼？筆者心裡明白他們期望一些血淋淋的答案，然而實際上最讓我懼怕的是珍妮佛這類「沒有邪惡」的個案。

變態連環殺手當然恐怖，但那些案件你總會找到個「邪惡的罪人」去怪責，去憎恨。但當環顧珍妮佛的個案，一個二十多歲，想要獨立自主的女兒有問題嗎？沒有問題。一對艱苦渡過半生，

想望子成龍的父母有問題嗎？都沒有問題。

然而平日那一點點專制、一點點懦弱、一點點憎恨、一點點謊言卻像滾雪球般愈滾愈大，最後失控地衝下斜坡，把一個原來美好的家庭撞得家散人亡。這才是最讓人心痛的地方。

有網民說他也來自一個「虎爸虎媽」的家庭，但憑著自己奮勇抗爭，終於獲得自由（而且沒人死傷）。當然筆者都認同他的說話，但想問一句：一個孩子是如何學會正確地為自己戰鬥？

父母是孩子們第一個敵人，因為他們是人生第一個企圖阻止自己慾望無限擴張的人（除非你過渡溺愛／毫不理會）。當孩子發現父母阻止自己時，抗爭便會發生。

「虎爸虎媽」最大問題是當孩子反抗時，總是用最高壓的手段逼使他們服從。他們既害怕子女反抗，亦不敢教他們如何反抗，只求「表面上的順服」。但他們很少意會到孩子在反抗你時，同時間都在學習抗爭方式，決定他將來如何面對社會困難。

當那套抗爭方式有效時，便會烙印在孩子腦袋，成為他們永遠的人生哲理，就像年幼的珍妮佛面對蠻不講理的父母時，發現謊言可以輕鬆躲過他們，以後謊言就成為她的人生工具。

所以說父母與孩子的較量不應只著重「輸贏」，而是「過程」。

如果下次孩子反抗，他們用上正確的方法表達訴求時，不妨給他們「贏」一回，讓他們明白日後應如何為自己抗爭。當然那些專制父母覺得自己永遠是對的，孩子彷彿奴隸似的不能有獨立思想，筆者有想過再寫一段來討論價值觀相對性等等，但或者用較直白的方式表達……

你看看珍妮佛一家人的下場。

你的子女有多大機會殺死你？

在澳洲，平均每個月有一名父母被親生子女殺死；在美國，平均每星期有五名父母被子女殺死。絕大多數弒父母案都發生在家中，案發時間為下午六點至十二點，兇手主要為兒子。

比起其他類型的家暴，弒父母案是非常少見。但如果你每次買六合彩都深信自己將會中獎，那麼你下次一家人食晚飯時亦應小心點。講到底兩者概率差不多。

被生母遺棄而踏上成魔之路

鳥/歌

—— David Edward Maust

「當我在從軍的時候被關起來，特別在 1981 年第二次被鎖起來的時候，我知道我不應該再被放出來。我已經不懂如何與其他人相處，從來沒有人教導我如何交朋友，如何與他們維持友好關係。如果一個囚犯自己都認為不應該被放出來，我很希望有人會認真聆聽。」

以上的自白是連環殺手 David Edward Maust 在 2005 年 10 月 30 日的日記所寫。

大多數人都有試過被深愛的男朋友／女朋友拋棄的經驗，那種不能言喻的痛令人哭到崩潰也無法痊癒。但如果是被骨肉相連的親母拋棄，那種感覺又是怎樣？應該是，又可以怎樣？出生與否，我們都沒有權利選擇。所以，每對父母都該為自己所帶來的生命負上該負的責任吧。在我們的認知裡，養育、教導、愛護自己的子女，都是為人父母理所當然要做的事。

David Edward Maust 卻沒有那麼幸運，他的父親在他七歲的時候，跟他的母親離婚，然後離開了整個家庭。他的親生母親，一而再，再而三想盡辦法擺脫他、拋棄他。

第一次是在 Maust 九歲的時候，他媽媽把他送進精神病院。媽媽說：「Maust 想放火燒死弟弟，之後有一次還想把他淹死。」Maust 就是因為媽媽這樣的「供詞」而被留在精神病院。不過，病院的職員完全不發覺 Maust 有媽媽所講的行為問題，職員問媽媽 Maust 在家裡有甚麼其他行為不當的表現時，她總是答不出來。反而，職員覺得她時常情緒不穩，行徑像是精神出了問題，猜想她只是純粹想遺棄兒子。

事實上，Maust 在童年期間，確實有暴力行為的表現，試過兩次毫無原因地令到朋友窒息，又試過貪玩用棒球棍打死松鼠。但在精神病院裡，他表現良好，沒有犯事，可是，每次當他知道媽媽不去探望他的時候，他便會很沮喪。

特別是，媽媽探訪他的次數愈來愈少，Maust 便會砌詞跟院方職員說：「她最近不太舒服，所以不能來」、「她最近有些忙」。可憐的 Maust 沒有因為媽媽想擺脫他而憎恨媽媽，反而仍然渴望得到媽媽的關注、得到媽媽的愛。

在精神病院待了四年後，Maust 以十三歲之齡入住兒童之家。在那裡，Maust 遭遇了其中一件扭轉他一生的事──他被同性侵

犯了，很有可能因為這個原因而令他對男性有種奇怪而又難以形容的感覺。他之後所殺害的五名受害人，都是屬於男性。

離開兒童之家後，Maust 仍然很想回家與母親一同生活，但這只是他一廂情願的想法。媽媽想拋棄他的意願十分明顯，甚至將行動升級，用刀指嚇他，叫他永遠不要回來。最後，媽媽帶他參軍，那年 Maust 十八歲。

今次，媽媽把他送走，亦令他的人生回不去了。

1974 年，Maust 第一次殺人，在德國駐守的期間，他謀殺了一名十三歲男孩，被判入獄四年。他希望自己能永遠待在監獄，但事與願違，他在 1977 年被釋放出來。

1981 年，Maust 想幹掉一名在兒童之家欺負過他的男孩。可是，目標人物找不到，他竟然找了另一位男孩當上替身，把他活活淹死。

與上次被判入獄時一樣，Maust 再次要求當局不要釋放他，今次更以長達五頁的「求情信」希望政府能網開一面，把他終身監禁。不過，判決結果令他再失望一次，經歷十多年牢獄生涯後，Maust 終在 1999 年被放監。

或許 Maust 是正確的，正如他自己所說，他不適宜在社會生

活，因為他根本控制不了自己。在 2003 年 12 月 12 日，他再次被捕，亦是最後一次被捕。今次，他被控謀殺了三名男生。

殺人的過程不如其他著名的連環殺手般充滿戲劇性，外貌又不出眾，所以，David Edward Maust 這個名字在連環殺手名單上，不算是耀眼的一群。不過，他一生的遭遇，非常值得我們探討。

想要得到被愛感覺是每一個人都需要的，特別在孩童時期的父母關愛。有不少研究證實，缺乏愛的兒童，會特別容易傾向較暴力、反叛、欠缺同理心、有不同種類的精神問題等等。過往亦有很多著名的連環殺手，與母親關係惡劣，非常痛恨母親，及後把親生母親殺掉的也有不少例子。像 Maust 那樣包容，被母親多次拋棄仍能處處維護的，我暫時未見過。

當讀者讀到 Maust 母親的段落時，有咬牙切齒嗎？你亦會痛恨為何一位母親可以對自己的親生兒子這麼狠心，連當時的檢察官都指責她是令到兒子變成殺人怪物的罪人。但是，如果告訴你，Maust 的母親確實有精神病，你的觀點又會有所改變嗎？

有說她是患有「Schizophrenia」。「Schizophrenia」在台灣稱為思覺失調，舊稱精神分裂症，因為精神分裂讓人感覺非常負面，所以現在普遍用思覺失調來取替精神分裂這名詞；但在香港，「Schizophrenia」仍然解作精神分裂，而思覺失調的英文是 Psychosis，是由精神分裂引伸出來的其中病徵，主要症狀包括產

生幻覺（聽到或看到不實質存在的東西）、妄想（相信一些不合邏輯、有違事實的事情）以及行為和言語錯亂等。大部分患者都未必有病識感，即是覺得自己的思想與行為正常，無法清楚區分現實和幻覺。

　　所以，對於 Maust 的母親，我們根本無法用自己的思維去判斷她腦袋裡在想甚麼，可能在她的認知角度裡，Maust 是一個帶有極度危險性的人，所以才要千方百計擺脫他。在我讀過的資料中亦未有詳細提及她總共有多少名子女，只知道她還有一個年紀比 Maust 小的兒子，她有沒有用相同態度對待小兒子亦不得而知。除此之外，離婚這個打擊亦有機會令到她的精神分裂病情更加嚴重，因為，精神分裂是會隨著外在環境因素而令病情起伏。當然，這些都是按表面資料作大膽假設而已。

　　根據資料記錄，Maust 的媽媽曾在賓夕泛尼亞州的一間精神病院居住了一個月，究竟她有否在精神病院接受相關治療？又為甚麼住了一個月就離開？醫院在甚麼情況下允許病人出院？她本身沒有犯罪記錄，又沒有暴力傾向，醫院有權強制病人住院嗎？這些都是很多社會正在面對的問題，因為精神病患不是原罪，他們有自己的生活自由。

　　撫育孩子，從來不只是母親單方面的責任，父親都飾演一個非常重要的角色。除了傳統的供養妻子及孩子外，父親更會擔當整個家庭，保護家庭，還會成為孩子仿效的對象。至於母親重要

些，還是父親重要些，不同的心理學家或精神科學者都有不同看法。

或者我們現實點來看，誰人在孩子的生活中出現較多、接觸較多，孩子就會倚賴誰多一點。這個不難證明，從現在很多孩子會較為親近長時間照顧他的傭人，而不是每天只見面幾個小時的父母便知道。

在 Maust 的個案來說，爸媽在他七歲時才離婚，亦即是自他懂性以來，他有很多機會接觸父親。但是，在其後的記錄中，Maust 只會提及母親，可見他與父親的關係並不親密，更説得上對他毫不重要。

我們先不談佛洛依德的戀母情結學説，因為不同學者有不同解讀，暫時撇除男性與生俱來就會愛上自己母親，性慾的對象都是母親這個備受爭議的論點。其實兒童天生就和母親有著緊密的連繫，這種連繫由仍在母體內的胚胎時期已經形成，孩子出生後，沒有獨立的自理能力，仍然需要倚賴母親而生存，所以當母親離開或拋棄自己，他便會處於極度不安和焦慮當中。

我讀過很多不同連環殺手的案件，殺人犯會真正感到內疚、羞愧，對家屬充滿歉意的，印象中寥寥可數。反觀為了減刑而假扮悔疚的就大有人在，又哭又跪的戲碼，在法庭內外都有。但 David Edward Maust 是真誠感到悔意，並知道自己的所作所為

是罪無可恕。

為甚麼我如此肯定？因為當他的辯護律師想以他的童年遭遇為理由，要求法官減刑，但是他竟然拒絕辯護律師的要求，並強調這是自己應負的責任，與任何人無關。在 1999 年出獄前，他還要求當局公開表明他是「性暴力罪犯」，應該判予終身監禁，永遠不能被釋放出來。到最後一次監禁，他以自殺表明自己想贖罪的決心。自殺前四日，更寫了一封遺書。

其中的節錄如下：

「在我的生命裡，我犯了五次嚴重的殺人罪行。我殺了 *James McClisters*（十三歲），*Donald Jones*（十五歲），*Nicholas James*（十九歲），*James Ragany*（十六歲）和 *Michael Dennis*（十三歲）。他們全部都是很親切、很有同情心、體貼的、開朗的、可愛的年輕人，不應該就這樣死去。」

「我嘗試過祈禱，祈禱過很多次，多麼希望時光可以倒流，我想重新選擇不要做那些錯事，不要令他們的家人、朋友、鄰居感到悲傷、痛心。」

「我的生命在地球上是多餘的，我沒有能力做任何事情去改變，而且沒有人會想聽我講任何說話。我被判終身監禁，絕對不會是受害者家屬和納稅人想要的事情。受害者家屬想我接受死刑，

連我媽媽都一樣。她由我出生開始，已經很希望我死去。在她整個生命裡，都把我恨透。我不明白為何當我年紀還小時，她不在替我洗澡的時候把我淹死在浴缸裡。現在，不只我母親，很多人都非常憎恨我，他們有權利這樣想的，因為我做了很壞很邪惡的事。死亡不是我的第一選擇，但我知道這是正確要做的事。」

「面對死亡是我現在非常畏懼的，我很希望我媽媽會來找我，帶我回家，但我不覺得她會來，因為是時候要結束我瘋狂的一生。」（據報道所講，他的生母已經二十年沒有跟他聯絡。）

「我的希望是納稅人不用再花錢在我監禁的費用上，可以把錢省下來，花在無家可歸的兒童身上，為嚴重缺乏愛和關懷的兒童提供無條件的愛護和幫助。」

寫完這封遺書的四日後，即 2006 年 1 月 20 日，David Edward Maust 在囚室內上吊自殺，結束五十一年孤獨的、價值觀扭曲的悲慘一生。

連環殺手童年三大特徵

　　連環殺手不是驀然誕生，是長時間混雜而成。1963 年，著名法理精神病學家 J.M. Macdonald 在論文《The Threat to Kill》提出三項行為常常出現在暴力犯人早年生活。雖然當時未獲得決定性證明，但近年愈來愈多研究支持其說法，並成為犯罪學家與警方的測量潛在罪犯指標：

1. 尿床

　　小孩子尿床是正常，但當小孩五歲後還會每星期發生兩次尿床就不太正常。Macdonald 認為尿床與暴力行為無關，而是被家人同學發現後的嘲笑與羞愧才導致日後不正常心態。後來亦有論調指尿床反映孩子壓抑衝動能力低。

2. 縱火

　　雖然很多孩子都喜歡玩火，但也有部分孩子對它產生了不正常的迷戀。這種迷戀反映其傷害他人的意圖，亦表示自小心裡便滿腔怒火與壓力需要釋放。

3. 虐畜

　　虐畜可以說是殺人預演。絕大部分連環殺人犯童年都有虐畜背景。當然這裡指的虐畜不是你家小孩扯小狗尾巴，而是真正涉及殺害與肢解。這種行為顯然反映小孩缺乏同理心，亦凸顯他對掌控生命的不尋常渴求。另有研究指出一個殺手會模仿他童年的虐畜方法來殘殺受害人。

行為治療令女兒活生生焗死

—— Candace Newmaker

天下無不是之父母，為人父母總想子女好。如果子女在成長道路遭遇阻撓，父母一定想幫助他們過關。只是甚麼為之「好」？怎樣幫忙才是「正確」？卻是考驗人智慧的問題。

Jennifer Pan 個案告訴我們，父母的「好」與子女的「好」有衝突時，血案便有機會發生。即使父母對子女動機完全基於愛，但如果腦袋不靈光，一樣可以發生非常、非常虐心的兇殺案⋯⋯

坎達絲・紐梅克（Candace Newmaker）出身悲慘，生母是個思想幼稚的未成年少女，生父則是個狂躁暴力狂。這種配對建立下的家庭可想而知，坎達絲還未滿四歲時，社署已經看不過眼她身上密麻麻的傷痕，連同她的弟妹一起強制接走，過兩年更向法庭取消了那對可惡父母的養育權。

之後坎達絲在孤兒院待了兩年，期間兩名弟妹被分別送到不同院舍，所以只有她孤伶伶一個。直到她七歲那年，一名單身執業護士珍妮‧伊麗莎白‧紐梅克（Jeane Elizabeth Newmaker）終於收養了她。兩人臨離開孤兒院時，珍妮還向坎達絲保證一定給她幸福美滿的生活。

然而這承諾不單沒有兌現，珍妮更把坎達絲推向地獄。

或者用這比喻有點差，但養小孩與養寵物其實很相似。你玩朋友家的狗狗一定很開心，牠們是那麼可愛活潑，然而背後主人扛起責任的辛酸，卻是外人很少留意到。

更糟的是，很多人在發現前，便一股腦帶牠回家，最後弄出悲劇來。

珍妮領養坎達絲數個月後，開始發現幻想與現實生活的差距。坎達絲表現得很疏離，即使珍妮多麼努力建立感情，坎達絲都拒她於千里之外。除此之外，坎達絲的情緒亦反覆無常，有時候活潑可愛，喜歡騎馬與假扮公主；有時候卻驚恐易怒，沉迷玩火，弄死金魚，推人下樓梯，害怕成年男人。

但公道說句，無論從生物學或心理學，生長於如斯惡劣的原生家庭，坎達絲的行為呈現怪癖是絕對合理。只是珍妮宛如那些不負責任的狗主，帶了回家才恍然大悟原來狗是會吠的。

接下來三年，急於讓養女融入家庭的珍妮帶著坎達絲四處奔波，幾乎拜訪過全加州上上下下的兒童心理醫生。但除了獲得反應性依附障礙症（RAD）的名銜，坎達絲的情況仍然反反覆覆，而且治療很多時以孩子口咬治療師收場。

　　在迷茫裡徘徊的珍妮最後無意中打探到，民間有一種叫「依戀療法（Attachment Therapy）」的心理治療，能馴化不聽話的小孩。

　　或者先讓筆者介紹「依戀療法」是甚麼鬼東西來。縱使名字聽起來冠冕堂皇，但「依戀療法」實際上未獲得任何學界正式認可，而且手法存在高爭議性。透過一連串精神施虐，將小孩推入極為痛苦尷尬的環境，逼使他／她心理上對父母產生依賴。

　　具體做法包括雙親長時間舔孩子的臉、強迫近距離眼望眼、壓在小孩身上數小時、不理會反抗的搔癢。孩童起初會感到非常尷尬與不安，但隨著身體漸漸疲累，最終屈服現狀，接受父母的管束。

　　另一種方法是「回歸最初」，讓父母孩子重現嬰兒時的情境來喚醒「最原始的聯繫」，例如抱著餵奶、教走路（即使你孩子已是長滿陰毛的青少年）。從筆者看來，這種「治療」與邪教洗腦原理如出一轍，只是當父母施行在自己子女身上時，連筆者都覺得陣陣不安。

但絕望的珍妮抱著「甚麼都一試」心態，沒閒理會治療的可怕行為。所以就在 2000 年 4 月，兩母女千里迢迢駕車跨州前往科羅拉多州的常綠市（Evergreen, Colorado），接受「依戀療法專家」康奈爾·沃特金斯（Connell Watkins）兩星期的「強化培育治療」，費用一共七千多美元。

首星期一切都相安無事。即使在沃特金斯導師要求下，體重過二百磅的珍妮壓在坎達絲身上，瘋狂舔啜臉蛋一整小時，坎達絲也沒有多反抗，表現也變得很乖順。

老實說，如果一個小孩身處如此瘋狂情況也沒把父母殺掉，筆者覺得坎達絲壞極有限。

但來到第二星期，情況便轉向失控。

虐殺案發生時，珍妮、坎達絲、沃特金斯與另外三名助手正進行一場名為「重生」的治療，透過模擬嬰兒分娩，讓領養兒童與父母重新建立「自然親子關係」。

具體做法則是用厚床單包裹孩子來假裝子宮內部，然後合共六百七十五磅的大人們壓在床單上，用枕頭、手腳去鉗制床單裡頭的孩子，透過窒息強逼孩子一定要奮力掙扎來見「新媽媽」。

「想像一下，你是媽媽子宮裡的小寶寶，感覺如何啊？」助

手朱莉（Julie）自問自答說：「溫暖，但很擠壓，因為妳四周都是媽媽的腸胃。」

珍妮還要用一種溫柔得詭異的語氣在旁邊說：「我很開心啊！我快要有一個新寶寶。我希望這次是個女孩。我會愛她，抱著她講故事……我會保護她……我們每天都會在一起，她會永遠和我一起……」

接著朱莉說：「先把你的頭推出來。你的腳必須要非常猛烈地搖動。如果你留在那裡太久，你會死掉，你的媽媽亦都會死掉。」

然後沃特金斯問了床單裡的坎達絲一連串問題「你相信媽媽的話？」、「你覺得開心嗎？」，坎達絲都盡量配合「嗯嗯。」、「開心。」但隨著壓在她身上的人愈來愈大力，到第八分鐘時，坎達絲終於忍受不住，向周圍的大人發出呼救。

「誰坐在我身上？我做不到！」

「（尖叫）我做不到！我做不到！我窒息啦！吸不到空氣！」

「無論誰在推我的頭，都是沒用。我做不到。我無法呼吸。這裡太暗了。請不要再推我的頭了。有人壓在我胸上。」

「我需要一些幫助。救命！求求你們幫我。」

「（呻吟）可以給我些氧氣嗎？難度你們想我真的死掉？」

然而朱莉卻給她一個冷漠得令人毛骨悚然的回覆：「來吧，現在就死吧。」任憑坎達絲如何在床單裡尖叫大哭，外面四個大人仍然無動於衷，心想「這都是為孩子好」。

但時間一點一點過去，床單裡的氧氣逐漸耗掉，大人對床單裡的坎達絲施加力道也愈來愈強勁。到二十分鐘時，坎達絲終於嘩一聲吐出來。

「我吐了。我剛剛吐了。（嘔吐聲）我要上廁所！我要上廁所！」

三分鐘後。

「嗯，我要瀨在褲子裡了。」

朱莉說：「瀨吧。」

沃特金斯說：「你就在床單裡拉屎與嘔吐吧。」

如果你覺得情況未夠病態，女兒在旁邊被導師們殘酷不仁

地輪流虐待，母親珍妮還若無其事地用假腔吟唱道：「很期待這孩子生出來……我在等你，去愛你，抱著你……寶貝，我已經愛著你了。我會抱著你愛，永遠確保你安全……所以千萬不要放棄……」

「確保你安全」，這句黑色幽默還真濃厚。

如是者，這種耗人折磨足足持續了三十分鐘，床單裡坎達絲的呼叫聲愈來愈微弱，掙扎也愈來愈無力。令人震驚的是，這反而讓導師們產生錯覺，認為坎達絲懶惰，環境還未夠糟糕，於是沃特金斯下令助手們再加把勁，務求把裡頭的坎達絲壓得不似人形。

朱莉説：「她要把自己埋在嘔吐物和大便裡了。」

沃特金斯説：「嗯嗯，這是她自己選擇的生活來。半途而廢的廢物。」

坎達絲虛弱地説：「我不是。」

朱莉嘲諷地説：「廢物、廢物、廢物、廢物、廢物，半途而廢的廢物。」

沃特金斯：「坎達絲習慣成為別人的生活煩惱。她不懂得為

自己生活負責任。」

　　如果大家記得坎達絲的出身，就知道沃特金斯這句話是多麼下賤與傷人，但其實這些都無所謂了，因為早在坎達絲為自己抗辯説：「我不是（廢物）。」後不久，她已經死掉。

　　隨著之後五分鐘床單沒有傳出任何動靜，沃特金斯開始察覺不妥。她先以「不想坎達絲看到母親傷心」為藉口，把珍妮請出房外。雖然珍妮事後在庭上表示，她當時真的因為女兒「沒有奮力從六百多磅的大人們身下爬出來」而不開心。之後沃特金斯又用不同藉口請走兩名助手，只留下自己與朱莉。

　　再過五分鐘，沃特金斯與朱莉終於把綁緊的床單鬆開。坎達絲嘴唇發紫、沒有呼吸的軟癱屍體像布娃般順著床單滑到地板上。

　　「哦，你看她在嘔吐物裡中睡覺。」沃特金斯固作輕鬆地説，縱使正常人都看得出這女孩已經死透了。

　　從閉路電視看到狀況的珍妮立即衝入來，為女兒進行 CPR 急救，亦叫救護車來。但可惜坎達絲早已返魂無術，翌日醫院證實坎達絲死亡。一個月後，警察正式落案拘捕沃特金斯、朱莉、另外兩名助手，還有養母珍妮。

　　案件在美國引起公憤，公眾無不指責珍妮與沃特金斯等人殘

忍與無知。沃特金斯在庭上辯駁坎達絲沒有給任何提示她陷入痛苦，但當錄影帶播出時，在場所有法官、陪審團、律師都看到整整四十分鐘的治療裡，坎達絲沒有停止過叫喊缺氧窒息，直到她死前一刻。

沃特金斯與朱莉最後被裁定「魯莽虐待兒童導致他人死亡罪」，每人各判監十六年，兩名助手則被判處十年緩刑兼社會服務令，母親珍妮也承受四年暫緩監禁。

心理學家兼控方律師克里斯托弗·巴登（Christoper Barden）在結案時表示「任何抓著孩子、對他們大喊大叫、衝著他們尖叫、侮辱他們……這些行為絕非治療，這是虐兒。」

縱使如此，被判入獄的沃特金斯仍舊面不改容地向公眾說：「我知道我不是虐兒犯。」、「我知道我的初衷，以及我們技術幫助過數百名以上的小朋友。」

你會相信她的話嗎？

在寫這宗案件時，筆者的胃一直隱隱絞痛。這不是筆者第一次寫小孩被虐殺的文章，但以往的變態殺人犯是抱著「我滿足私慾大於你性命」的心態，他們知道受害兒童被傷害，簡單直接。

反觀今次坎達絲凶殺案，裡頭上至治療師下至母親，都因為

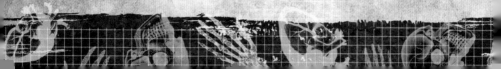

一句「這是為孩子好」，而對孩子施行最殘忍的虐待。他們滿心相信自己是正義的，母親還諷刺地從旁吟唱「我會永遠保護你」，這種扭曲的價值觀實在很令人嘔心。

但問題出在哪裡？母親的愚昧無知當然是一大罪狀，但筆者覺得「對子女不合理的期望」也是一項隱性罪狀。

其實考慮到坎達絲被虐打、被遺棄的童年，她性格帶點怪癖幾乎是心理定律，她的創傷已經嵌入性格的一部分，要與她建立關係可能要用上十年時間，還要無盡的耐心。

但珍妮卻不認同，她認為坎達絲是患有一種病，而病就可以短時間內「康復」。

這不禁讓人想起近年家長濫餵孩子吃精神科藥物的風潮。因為孩子頑皮、不專心讀書，所以是屬於「不正常」，患有一種需要治療的「病」，背後亦是一句「這是為孩子好」。

筆者外甥的班房便有一半孩子都在吃藥。但沒人想起一所學校有半數小孩不喜歡讀書，幾乎是千幾年來的自然定律。當然作為父母要督促小孩讀書，但為何要標籤成一種「病」，還要依賴吃藥治療呢？

講到底因為是父母不盡責任，懶得花耐心去培育，把問題推

誘於疾病之名。

　　這其實是換個形式的「虎爸虎媽」，只是前者用高壓手段，後者用藥物治療，來逼使孩子完全符合自己期望。

　　所以最後再拜託各位父母謹記，孩子是有自己性格的獨立個體來，不是樓下文具店賣的黏土，可以任你快速塑造。

是人肉漢堡殺人狂還是好父親？

—— Joseph Metheny

　　這張照片給你甚麼感覺？驚嚇？窒息？受到威脅？老實說，當一個重五百磅、虎背熊腰、高大魁拔的大塊頭站在你面前如雷咆哮，沒有太多人能不感到害怕。

　　然而，照片背後的故事比照片還可怕。

　　這個活像《血族》喪屍的大塊頭，真名叫 Joseph Metheny，是一名惡名昭彰的連環殺手犯。他活躍於 1975 年至 1995 年，地點是美國馬里蘭州（Maryland），已知受害者人數九名。被一個龐大如山的大塊頭壓住殺死，還真的頗讓人心寒。但除了他體形外，Joseph 另一個讓人深刻的事跡是他為受害者開了一間店舖……

一間烤人肉漢堡店。

究竟為何大塊頭 Joseph 會踏上殺人之路？又有甚麼原因驅使他炮製「人肉漢堡」？以下是 Joseph Metheny 被捕後寫下的自白信，講述他的成魔之路：

或許用現在的狀況做開頭。我被囚禁中。我四十八歲。我重大約四百五十磅，但不全然是脂肪。直到目前為止，我已經被囚禁了八年，但當一個人因為被判終身監禁，還要是沒有假釋那種，時間就變得不重要。

對於坐牢一事我覺得沒問題，畢竟落得如斯田地全因為我自己，不是其他人。況且我是應該在這裡的，至少有十二位安份守己的陪審員這樣對我說，還要在不同的案件裡，嘿嘿！我被控兩項謀殺罪和一項綁架罪。綁架那次她逃走了，但她令我獲得五十年監禁刑期。第一宗謀殺罪則是終身監禁，沒有假釋。第二宗原本是死刑，排期三年，只是後來改判成終身監禁，確保我在這裡渡過餘生。

我總共殺了七個人，三男四女。當中兩個男人我在南巴爾的摩橋下用斧頭把他們砍成幾件，但我被判無罪，因為他們找不到證據。在同一條大橋我殺了兩名女人和一名正在釣魚的男人，他只是「在錯誤時間出現在錯誤地點」罷了。我用重物纏住屍體，然後讓他們石沈大海。大約三年後，我帶了批警察去那處搜尋屍

體，可惜他們找不到，所以我同樣被判無罪。

我的殺人成魔之路始於復仇，終於嗜血與掌控生死的快感。

「我的故事」

所有事從 1994 年 7 月盛夏開始，當時我有份正當職業，做貨車司機。某天晚上，我一如既往加班後回家。但當我打開家門開燈時，卻發現有甚麼不妥，所有東西都不見了！那個老醜婦拿走了我所有東西逃跑了！還包括我的兒子！！她走不是問題，但帶走我六歲的兒子就是滔天大罪！！！她是個一無是處的毒蟲，我甚至願意給她錢以離開我的人生！她要做的事只是把兒子放回我媽的家，便可收拾所有東西離開。

我花了整整六個月時間搜索他們的下落，得知她搬到城市的另一邊，和她的毒頭住在一起！他們倆後來被警察抓了，我的兒子亦因為疏忽照顧與被虐而被社福處帶走了！

我因為之前的案底，而被社福處拒於門外。我開始憎恨他們倆，發誓要找他們復仇。我從旁人口中得知他們正在橋底和兩個露宿者吸毒嗨翻天。於是我趕到那裡，發現他們倆已經不在，只有兩名露宿者仍然躺在舊床板上，嗨得仰面朝天。

我離開時他們仍然躺在同樣位置，只是身體已斷開數節。

同一天晚上，我在橋底搭上一名妓女。我餵她吃毒品，好讓她吐出那對賤人的下落，但到頭來她卻裝作不知情，我一氣之下把她砸得死去活來再強姦她，然後殺死她。我把屍袋丟到草叢，再誘拐下一個婊子。

我對第二個婊子做出同樣的事，但當我準備棄屍時，卻驚覺到在河邊不遠處，竟有個正在釣魚的黑人望著我。情急的我抓起地上的鐵棍，飛快撲上前把他頭顱砸得裂成兩邊。最後我索性把三人的屍體與一堆石頭綁在一起，丟到河裡。

那晚實在有夠忙，七小時殺五個人。我用河水清理犯罪現場後便離開。兩個半星期後，我因為把兩個露宿者砍死而被捕。在巴爾的摩監獄待了十八個月後，到審判時我卻無罪釋放，因為他們找不到足夠證據使我入罪。

於是我重獲自由，我返回紙板公司問舊老闆要工作。他們工廠有輛小拖車，於是我提議讓我待在那裡，順便做管理員。他同意並把前門和大樓的鎖鑰交給我。那所工廠在公路的盡頭，非常僻靜，很適合我接下來想幹的事。

我誘拐兩名妓女來到我的拖車，我殺死她們並把屍首切開數大件，削肉後再剁成肉醬，再用碗裝好並放在雪櫃裡儲存。至於

大到不能用的殘肢，則埋在工廠後方的樹林。

接下來數星期的週末，我開了間小小的烤牛肉漢堡車。我有真正的烤牛肉和豬肉漢堡，怎可以不美味呢？因為人肉的味道與豬肉很相似，混在一起實在很難察覺。

所有事情都頗順利，直到那些「特別肉」用光前。接著我又誘拐了一名妓女來我的拖車，她一進來我便脫光她的衣服再毆打她。那婊子尖叫起來，然而方圓百米只有我倆，我忍不住嘲弄她起來。

因為某些事，我轉身背對著她，那將是我人生最大的錯失。那婊子竟趁著那幾秒空檔奪門而出，抓也抓不住！門外有八尺高的鐵絲圍欄，但旁邊也有十尺高的木板堆，那婊子竟然像猴子般跳過去！一口氣跑到公路，那裡碰巧又有輛貨車經過，載她到附近油站報警。

嘩！我知道警察一定在路上，但我沒有逃跑。我收拾車內的衣服，並拿起大門鎖鑰。當我打開拖車門時，已經有輛警車迎接我。那個警察跳下車來，拔槍指著我，這就是故事的結局。

警察把我鎖起來。那妓女說我企圖殺死她，她又真的沒說錯。他們把我困在小房間內，無間斷地審問。渴望挖出我的殺人秘密。接下來一個月，我不斷在監獄、工廠與天橋之間來來去去。我想

他們在工廠挖出那兩具屍體時氣瘋了，因為我把它們埋在七個不同的洞裡。

對於我所做的事，我絲毫沒有半點後悔，唯一遺憾是我沒殺到那兩個真正該死的狗娘養，我的前女友與那個和她鬼混的狗屎。

這就是我的故事，恐怖但真實。所以某天你逛街時，看到一間你從未見過的烤肉車，記得在吃下那口漢堡前想起我的故事，你永遠不知道自己吃的究竟是甚麼肉來！科科。

當筆者看完這封信件，不禁驚嘆難怪統計說心理變態多數的職業除了 CEO、律師和銀行家外，其次是文藝創作者。信件那種感染力，真的外行一點都會被他騙過，差點相信他是「逼不得已」才走上殺人之路。他給讀者一個「殺人原因」，讓讀者相信他是個有血有肉的人。

但有看過筆者介紹的心理變態，都知道他們善於操控別人的感情，還能面不改容地漫天扯謊。Joseph Metheny 的自白信與真相有不少出入，例如在信件中他指自己殺人的總數為五人，但實際他殺的人至少九名，而且還可能更多。反而他在信件提及的部分受害人，則未能確定。那樣又如何能吻合到他的故事呢？

但至少有一點 Joseph Metheny 很誠實，就是他毫無悔意之心。他曾經在庭上說過：「我永不會說『對不起』，因為它一定是

個謊言。我非常願意為我所做的一切放棄我的生活，就讓上帝審判我，並丟我到地獄。」

「我純粹享受個過程。」他後來又補上一句。

所以 Joseph 的自白信有多少真假，仍然是個謎。反而最關鍵的童年背景，甚麼成長原因而驅使他變得暴力變態，Joseph 卻一直閉口不言。但無論如何，所有真相都隨著 2017 年 8 月他在監獄突然離世，而埋入黃土……

殺死發現自己有易服癖的親兒 鳥 / 歌
—— Mark Redwine

Transvestism 或者 Cross-dressing，中文解作易服癖或易裝症等等，發生在男性身上的比例比女性多，大部分在兒童或青少年時期已經有這個行為。

他們平時通常以男性的身份在社會生活或工作，身邊的家人或朋友大多數都不知道他們有這種嗜好（我刻意不説癖好，因為易服本身不會對任何人構成騷擾，所以我不想將這個嗜好貶義化）。

男性易服者，喜歡把自己裝扮成女性一樣，透過化妝、穿著女性衣物、模仿女性化的言行舉止，令自己外表看起來跟女性相似而達到滿足感，有些易服者則需要透過易服來達至性滿足或者性高潮，這類型的易服就被定為 Paraphilia（性慾倒錯）的一種。

很多人會誤解易服人士與跨性別人士一樣想改變性別，但其

實大部分易服人士都沒有變性打算，他們認同自己男性的身份，只是喜歡易服成女性而已，更會與異性拍拖。

根據 DSM-5 精神疾病診斷準則手冊，如果一個人持續對易服這個行為產生性興奮／性幻想達到最少六個月，而令到自己情緒備受困擾，進而影響日常工作及社交生活，就可以被斷定為精神病的一種，否則；易服只是個人嗜好，就好像你喜歡逛街看電影打籃球一樣。

好了，這麼長的引子，就是為了讓大家更加了解接下來的這宗個案。

2012 年 11 月，年僅十三歲的 Dylan Redwine，在父母離異下選擇到爸爸 Mark 位於美國科羅拉多州的家渡過感恩節假期。

不過，在翌日上午大約十一點半時，Mark 發現 Dylan 不見了，他認為兒子應該是去了附近探朋友，所以沒有特別在意，然後就睡午覺。到了大約下午三點，他發覺 Dylan 還沒回來，於是報警求助。

經過幾星期的搜索都沒有發現，之後，Mark 與前妻 Elaine 及大兒子 Cory 上了美國著名電視節目主持人、心理學家 Phillip McGraw（Dr. Phil）的高收視節目《Dr. Phil》對質。於節目上，這對前夫妻在電視螢幕前互相指責，最令大眾對 Mark 的印象大

打折扣就是長子 Cory 對父親的指控。

Cory 不會稱呼 Mark 做爸爸，而是直呼他的名字 Mark，因為他認為 Mark 在過去十年完全沒有盡父親的責任，亦不配為人父親。他說 Mark 在弟弟 Dylan 失蹤後顯得漠不關心，甚至大膽認為爸爸根本就是殺死弟弟的疑犯，Cory 更在觀眾面前，向著 Mark 說：「我不喜歡你，我憎恨你。」

為了令到節目收視更高，電視台亦邀請了 Mark 的前女友做嘉賓，這個只和 Mark 相處了六個月的前女友，除了為 Mark 護航，大讚他人品好，與 Dylan 相處融洽外，還在 Elaine 面前說 Dylan 壞話。最過份是這個女人不知憑甚麼身份質問兒子正在失蹤的 Elaine，何以膽敢在沒有實則證據的情況下，指控 Mark 就是令到 Dylan 失蹤的疑犯。雖然她出鏡的時間很短，但她無禮的表現著實令觀眾嘩然，更對兒子生死未卜的 Elaine 造成傷害。

節目團隊還安排了測謊環節，由專家利用專業儀器對 Mark 進行測謊測試。理直氣壯的人，說話都大聲一點，相反，理虧的一方永遠都是言詞閃爍，而 Mark 就是說話吞吞吐吐的一方。他開始時說自己還未預備好，於是大家便讓他休息一晚，第二天回來才做測試。

第二天早上，他準時現身，但被問到是否準備好接受測試時就支吾以對，最後原本需時大約一小時三十分鐘的測謊測試在

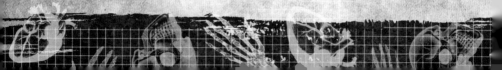

二十分鐘後便停止了。原因是 Mark 指自己昨晚只睡了三小時，又喝了很多酒，精神狀態不佳，如此類推的一大堆藉口。

相信讀到這裡，大家都對 Mark 心裡有數。究竟是甚麼原因令到前妻和長子都一口咬定他就是殺死親生兒子 Dylan 的兇手？他是最後一個見到 Dylan 的人，因為警方已經證實，Dylan 沒有如期去探朋友，他的朋友見他爽約，一直嘗試聯絡他又未能成功。

另一個疑點，Mark 說他發現兒子失蹤時，除了個人物品外，連同釣魚竿都不見了，所以猜想 Dylan 是外出和朋友遊玩去了。不過，媽媽 Elaine 就說 Dylan 根本沒有釣魚這個興趣，連如何上魚線都不懂，質疑身為父親的 Mark，不了解兒子的喜好，編織一個難以令人相信的謊話。

而對生父極度憎恨的長子 Cory，提供了令人非常震驚的證供。

原來早在 Dylan 失蹤前，Cory 與他偶然在爸爸的電腦見到令他們不能接受的相片，他們見到 Mark 穿著女性的服飾，打扮成女人的模樣，擺出各種姿勢拍照，還穿著尿布，在鏡頭前把尿布上的糞便吃掉。

只看文字描述，你大概都可以想像這等視覺衝擊對兩位年輕人是如何的大，重點是相中人還是自己的爸爸，父親在自己心目

中的形象從此蕩然無存。經過商量後，Dylan 跟 Cory 説，要和爸爸討論這件事情，之後就發生了失蹤事件。

2013 年 6 月 27 日，即距離 Dylan 失蹤七個月後，終於有人找到他的屍體，但卻未能找到頭顱。

直至 2015 年 11 月 1 日，在發現屍體位置的一英哩外，頭顱最終被尋回。調查人員驗屍時，發現 Dylan 的頭部傷痕是人為造成，並推斷有人將他的屍體刻意分開埋在兩個不同地方。

警方及後到 Mark 的家裡進行搜查，在他客廳的雙人沙發及地毯下找到 Dylan 的血跡，再加上其他警犬搜索到的證據，Mark 最後在 2017 年 7 月 22 日被捕，2019 年 9 月會面對審訊。

其實很多認識 Mark 的人都説他有暴力傾向，他的第一任妻子告訴警方，在六年的婚姻生活裡，發生過多次家暴。而 Dylan 的母親 Elaine 則透露，Mark 不只與她爭奪兩名兒子的監護權，還無理地要求所有東西都要擁有一半，包括 Elaine 的鞋子，他每對都要分到一隻。

從種種跡象看來，Mark 是一個極度自私，報復心理很強的人，因為仇恨，他會不惜做出任何損人不利己的事情。

另一樣值得留意的，就是 Dylan 早在處理監護權的法官面前，

坦白透露自己不太喜歡跟父親相處，因為他非常容易發怒，又會常常在他面前說媽媽和哥哥的壞話，令他感覺很不舒服。雖然事後孔明對事情沒有幫助，但過往實在發生太多類似的案件，人們仍然未能從中汲取教訓。

我自己都是在不愉快的家庭下長大，所以很明白被道德綁架的威力，周遭的人會常常以「他始終是你的爸爸」的說話而令當事人內心十分掙扎。每個人出生後，就是一個獨立個體，會有自己的情緒、喜惡。如果父母做出的行為長期令你不快，甚至讓你認為自身安全有機會受威脅的話，不需多想，不需在意其他人的眼光，勇敢遠離他們吧！

由於 Mark 不承認控罪，案件押後至 2019 年 9 月才進行審訊，所以詳細案發經過及 Dylan 被殺的真正原因，到目前還未知道。究竟 Dylan 發現父親有易服嗜好就是被殺害的原因嗎？

雖說現今社會思想較以前開明，不過對於易服這回事，仍未能得到廣泛大眾接受。我除了寫作外，另外一個身份是化妝導師，當中都有喜歡易服的男士來學化妝，想令自己在易服時更女性化、更漂亮。他們大都害怕家人、朋友、同事知道這回事，平時只可趁家人不在家時，偷偷的把自己裝扮一番，自娛片刻便要將秘密收藏；又或者帶著女性衣物外出，在廁所換裝後便在街上閒逛，回家前變回男兒身才可踏入家門。

人生短暫，能夠尋找到令自己快樂的事已經不容易，在不傷害其他人的情況下，卻被社會評為變態、不正常，實在是一件非常可憐的事。不正常的定義是甚麼？屬於社會少數的一群就是不正常？

回到今次的個案，Mark 絕對有機會因為自己的易服習慣被 Dylan 發現而殺他滅口，就算不只單純這個原因，都不能否定這是殺死兒子的其中一個重大誘因。雖然案件還未開始審訊，但所有證據都對 Mark 非常不利，希望 9 月開審時，Dylan 的媽媽可以得到她想知道的答案，而 Dylan 亦會得以安息。

我夫是個變態殺人狂

—— BTK Killer 的老婆

鳥 / 歌

　　在人海茫茫的城市，我們終歸會遇上「那個對的人」。與他相遇，與他相戀。與他歡笑同樂，與他同甘共苦。與他步入禮堂，與他生兒育女。你自問對他生活細節瞭如指掌，但當夜闌人靜抱著他睡時，你曾否自問真的了解枕邊人的所有嗎？幻想過在那張溫柔臉蛋背後，可能隱藏著殘忍，甚至滅絕人性的一面嗎？

　　這就是 Paula Dietz 的故事。

　　1971 年，二十三歲的 Paula Dietz 和「那個對的人」結婚，兩口子很快便誕下一對兒女。丈夫先後在大學進修電子工程和法律，後來又做過推銷員和保安公司，最後在一所公園安定下來做管理員。雖然說不上大富大貴，但一家人總算捱得過去。丈夫更是教會理事會主席和童子軍領袖，所以他們永不擔心週末沒節目，總是有家庭享樂時光。

時間不知不覺地過去，來到 2005 年時，兩夫婦已經半頭華髮，孩子也二十出頭，有自己的世界。正當 Paula 期盼著未來的退休生活時，沒想到一個門鈴瞬間把三十多年的婚姻完全毀滅。

「太太，我們懷疑你先生涉及多宗姦殺案。」

直到那一刻，Paula 才得知枕邊人多年來不為人知的一面，而且是最黑暗那一面。

她從沒想到三十年來的溫馨歲月，每朝目送出門，每晚回家親吻，中間都夾著一條年輕女子的亡魂。

簡單一句，她大半人生都建立於謊言上。

而帶來這致命謊言的男人叫 Dennis Lynn Rader，別名「BTK 殺手」。

「綁縛、折磨、殺戮」

BTK 的全寫是「綁縛（Bind）、折磨（Torture）、殺戮（Kill）」，以描述 Dennis Rader 的犯罪手法（Modus Operandi, M.O.）。在 1974 年至 1991 年，亦即是 Dennis 和 Paula 結婚後第三年開始，Dennis 便在他們居住的地方，美國堪薩斯州

威奇托（Wichita, Kansas）四處殺人。至少有十名受害人，主要受害者為二十多歲的年輕女性，但也有小孩和老人。

Dennis Rader 藉著推銷員一職，四出尋找獵物，並在作案前長時間跟蹤目標，記錄她們的作息時間和家中人數。更諷刺的是，當 Dennis 轉行任職保安公司時，他甚至在受害人的隔壁替人安裝防盜門系統！那些鄰居嘴裡都嘟嚷：「BTK 殺手正在附近肆虐，麻煩幫我裝好一點。」完全不曉得兇手就在眼前，微笑回應他們的煩躁。

到行兇當晚，Dennis 會先把受害人家中電話線折斷，阻攔她們求救。然後他會帶著他的「殺手包（Hit-Kit）」闖入，包括膠帶、繩子、螺絲刀、手槍、利刀。Dennis 先用手槍指著受害人，以獲得控制權，再用膠帶和繩子把她／她們綁起來。

準備妥當後，Dennis 便開始他的「虐殺遊戲」。他先用塑料袋、繩索、皮帶、尼龍絲襪，甚至連褲襪勒纏女性的頸部，但不是要馬上殺死她們！他先微微施力拉緊，然後放鬆，再施加更大的力度，讓少女在窒息呼氣之間死去活來。

驅使 Dennis 殺人不是血肉模糊的畫面，而是有著漂亮臉蛋的女性，窒息扭曲成猙獰臉容，那種掌握生死的微妙快感，永遠讓 Dennis 無比興奮，甚至即場發洩出來。

這種窒息虐待來回數十次,直到受害女性失去生存意志,手腳不再掙扎,目無表情地軟癱下來時,Dennis才大力一扯,讓她們香銷玉沉。

根據驗屍報告,Dennis曾在女受害人死後數度姦屍。另一方面,警方也找出一系列照片,顯示Dennis在真空期(可能他兒女出生/轉工作),會穿著被殺女性的衣裳,再戴上面具,拍攝出一系列捆綁照片自娛。照片包括把自己綁在樹上、穿胸圍躺在石上,甚至把自己活埋。

但真正讓BTK殺手惡名昭彰的,不是這些殘暴不仁的殺戮(在美國謀殺幾個女孩不會讓你成名),而是他多次向警察傳媒寄出挑釁信。信件除了惡言挑釁外,有時還會附上受害人的駕駛執照、神秘密碼、犯罪現場照片。Dennis甚至在信中向傳媒推薦「用甚麼殺手名字」,例如以下是1978年寄出的信件:

我想在我名字登上報紙,又或受到國家級關注前,還需要殺多少人呢?那些條子是否真的認為所有命案都不相關?天啊,是的,每次命案的M.O.都不同,但你看不出有固定脈絡正在成長中嗎?受害者大多數是女性、電話線被割斷、還帶點束縛和虐待傾向、在命案現場沒有任何的目擊者——除了Vian(其中一名受害人)的小孩外。

你不明白這些事,因為你沒有受到「X因素(X-Factor)」

的影響。同樣的因素造就了「山姆之子」、「開膛手傑克」、「哈維·格拉特曼」、「波士頓絞殺者」、「佛羅里達州的 H. H. 福爾摩斯」、「山坡絞殺者」、「西岸的泰德」以及更多臭名昭著的連環殺人犯。他們的殺人看似毫無意義，但我們又無法幫助他們。更新方法做不到，心理治療也做不到，唯一方法是死亡和被抓進監牢。這真是一場可怕的惡夢。不相信？你看看我，我不會為任何人死亡而失眠。像那次福克斯命案後，我如常回到家，像正常人一樣地過著生活……直到那股衝動再次向我襲來為止。

附：

或者是時候安個名字給我？都差不多是時候了，畢竟已經七次，將來還有更多更多命案。我喜歡以下數個，你覺得怎麼樣？「THE B.T.K. STRANGLER」、「WICHITA STRANGLER」、「POETIC STRANGLER」、「THE BOND AGE STRANGLER」或是「PSYCHO THE WICHITA HANGMAN」、「THE WICHITA EXECUTIONER」、「THE GAROTE PHATHOM」、「THE AS-PHIXIATER」。

你的 B.T.K 上

究竟信中提到的「X 因素」是甚麼？它其實與 Dennis 的行兇心理有莫大的關聯……

「神秘的 X 因素」

縱使 Dennis 說得很玄幻，但其實 X 因素不是甚麼超自然東西，而是「犯罪生物因素」。或者 Dennis 知其觀而不知其質，因為犯罪生物學在七十年代還未受到重視，當時學術界仍然側重於社會心理因素，直到近來才返回生物科學。

簡單說，犯罪生物因素指基因、激素、腦腫瘤、發育異常，甚至營養膳食都會影響一個人是否犯罪。但套用在 Dennis 身上，我們可以斷定他是個「心理變態（Psychopath）」，一種天生的道德欠缺人格。

你們當中有部分人可能會問 Dennis 為何不是個「反社會（Sociopath）」？其實兩者有很多共同的「反社會人格障礙（Antisocial Personality Disorders）」特徵，例如無視法律、無視他人權利、不能感到悔恨、有暴力傾向。

至於兩者的差異可以寫上一篇文章來爭論，但一般來說「反社會」傾向形容後天造成，而「心理變態」則是至出娘胎便有的道德缺陷。從 Dennis 的成長背景來看，他比較適合用心理變態來描述。

Dennis 的成長環境幾乎無可挑剔，他是一個中產家庭的老大。你找不到像 Edmund Kemper 的畸形家庭、像 John Gacy

被人嘲笑強暴、像 Son of Sam 被家人遺棄。縱使如此，Dennis 孩童時便有虐殺貓狗的習慣，青春期時亦在童軍活動裡萌芽出用繩索綁架女性的性幻想，稱得上天生便是個壞胚子。

除了早年行為問題，Dennis 亦符合多項心理變態特徵，包括「不會內疚」，即使把一家四口集體勒死，當中包括兩名十二歲以下的小孩，Dennis 仍然毫無異狀地輕鬆回家，這還是他第一次殺人；「膚淺魅力與善於偽裝」，Dennis 在居住的社區深受歡迎，是不少團體的領袖，警方調查時在區內盤問一百多名男子，他竟然完全不在名單上；「沒有同理心」，Dennis 在擔任公園管理員時，多次被人投訴在不必要的情況下，便大規模殺掉園內的狗隻，絲毫沒有憐憫之心，甚至視為樂趣。

但當中最明顯的變態特徵是「追求刺激與害怕無聊」。Dennis 每次殺人都會為計劃安上一個「行動代號」，例如絞死二十八歲的 Vicki Wegerl 時，代號便叫「鋼琴行動（Project Piano）」，因為他喜歡在屋外偷聽她的琴聲。還有一個叫「熄燈行動（Project Lights Out）」，因為受害人的姓氏為「Bright（光明）」，有要她香銷玉沉之意。這舉動說明 Dennis 不單純為性慾而殺人，他甚至在過程中增添各種玩味，讓事情更有趣刺激。

另外，前文也提及過 Dennis 會定期寄信件，向傳媒警方挑釁，然而這舉動完全沒有必要。過往如連環炸彈客 George Metesky，因工傷患上肺結核轉移對社會產生憤怒，借炸彈向公

眾報復，這就有理由給他向社會發放情緒訊息。

但至於 Dennis？借用老一輩常說的一句「社會沒有對不起你。」他的人生雖稱不上大富大貴，但也沒甚麼阻礙。這樣寄信件和受害人遺物挑釁社會，純粹為了刺激好玩，透過提高殺人難度來滿足成就感。

所以最後如他所願，警察終於沿著寄出的信件把他捕獲。

2005 年，Dennis 寄出信件到當地電視台 KAKE，指引他們到一所廢棄工廠尋找一個麥片盒，裡頭有個被綁纏的芭比娃娃，象徵著他殺過的十一歲女孩 Josephine Otero。更有封信件問警察用磁碟寄文件會否被追蹤，警方當然用公開信回應「不會」。

他媽的，他又真的信。

所以說做人要與時俱進，年近六十歲的 Dennis 真的傻呼呼寄出了磁碟。警察科技組馬上從文件檔的數據追蹤來源，發現來自該區路德教會的一台電腦，用戶名稱是「Dennis」。就這樣橫跨半世紀的連環殺人犯終於落網。

對於整個威奇托區來說，漫長的惡夢終於完結。但對於兇手的妻子 Paula 來說，惡夢才終於開始。

數十年的美好婚姻回憶固然破滅，那些失去親人的受害者家屬也遷怒於她。即使她立即申請離婚，那些受害女性的怨魂也不會隨那張文件離她而去。但有趣的一點是，縱使 Dennis 是變態殺人犯，但在家裡對待妻兒頗好，至少沒有長期家暴跡象，所以當警方出現時 Paula 才會如此驚訝。

　　所以如果你是 Paula，你會想一早發現丈夫是變態殺人犯，還是一直活在謊言裡，過著那看似美好的家庭生活？

　　或者今晚和你枕邊人相擁而眠時，好好想一想。

原來奶奶都會殺人？！

　　奶奶一向給人慈祥好心的印象，總是疼愛孫子。或者說如果是壞人的話，應該早就蹲在監牢裡又或無法與人組織大家庭。然而美國就有一位奶奶諾麗多斯，她不單止殺死孫兒，還殺了親母、兩名姐妹、兩名女兒、一名外甥、四任老公。

　　當她被警察拘捕時，還邊笑邊談及行兇過程，所以又贏得「傻笑奶奶」這殺手稱號。

　　諾麗的殺人故事橫跨四十多年。她的第一任老公查理發現兩名女兒連續「食物中毒」離奇死亡後，便帶著大女兒逃跑，留下幼女給諾麗。嗯，這父愛差異還真明顯。

　　她第二任老公法蘭是一名酒鬼，這段婚姻持續了十六年。過程中諾麗用帽針刺死了剛出生的小孫兒，又餵食過量毒藥給大孫。最後因厭倦法蘭的醉酒行為，於是給他最有效的戒酒方法：在威

士忌下老鼠藥毒死他。

　　然後諾麗又再婚三次，每任老公都「死於非命」。更殺死第三任老公的母親，再放火燒了他祖屋，這樣她就不用搬進去住。接著又毒殺了患癌的胞姐，好減輕她的醫藥負擔。

　　直到不知何時，警方終於察覺這女人有點可疑，於是把她拘捕。已經半頭銀髮的諾麗亦沒甚麼好怕，坦蕩承認罪行，甚至說親生母親也是被她殺死。當警方問她殺人動機時，諾麗笑著說：「隨便吧，不需要任何該死的理由。」

　　所以說，你永遠猜不到甚麼人會是殺人犯⋯⋯

3 雌性殺機

3.1 為渣男獻上親妹的女人（上）
—— Karla Homolka

- 犯罪冷知識：女性犯罪學的來源

3.2 為渣男獻上親妹的女人（下）
—— Karla Homolka

- 犯罪冷知識：老人院殺人護士情侶

3.3 愛上連環殺手
—— Richard Ramirez

- 犯罪冷知識：誰是心理變態的靈魂伴侶？

3.4 指使男友殺死一家四口
—— Erin Caffey

- 犯罪冷知識：女人最愛的殺人武器是甚麼？

3.5 禁室培慾：木箱裡的女孩
—— Colleen Stan

- 犯罪冷知識：男女連環殺手大不同

3.6 反抗父權壓迫有罪嗎？
—— Madame Popova 和 200 名印度女人

- 犯罪冷知識：女人是更聰明的連環殺人犯？

為渣男獻上親妹的女人（上）

鳥／歌

—— Karla Homolka

哈莉‧奎茵（Harley Quinn），別名小丑女，是漫畫公司 DC 近年一個備受矚目的角色。原本是精神科醫生的她，因為對小丑不可救藥的愛，於是扭曲自己的心靈變成與他一樣無惡不作的罪犯。無論小丑如何辱罵、冷落、虐打與利用哈莉，都動搖不了哈莉對他的癡迷，仍然抱住大腿跟他一起作奸犯科，甚至幫兇殺了二代羅賓。

後來受到社會風潮的影響，DC 覺得不能再鼓吹這種「虐待關係」，於是讓哈莉走出小丑的陰霾，成為一位較獨立自主的女性，有屬於自己的同伴、愛情與行事原則。縱使如此，哈莉最初那種因愛盲目，為取悅對方不擇手段的痴女形象，才是最令讀者回味無窮，甚至吸引了一大批非宅女讀者。

哈莉之所以受歡迎，或許這角色觸動了她們一些不敢直說的愛情想法吧？

就是她們都甘願為愛墜落到邪惡。

1991 年 6 月 29 日，保羅‧貝爾納多（Paul Bernardo）與卡拉‧奧莫爾卡（Karla Homolka）在濱湖尼亞加拉教堂舉行婚禮。婚禮盛大隆重，這對郎才女貌的新人坐著白色馬車步入教堂，穿著奢華的禮服在親友面前交換誓言，卡拉承諾會「深愛、為榮並服從」她的丈夫，情景宛如童話故事般。

但正如大多數愛侶，保羅與卡拉都有他們的秘密，只是這秘密比未婚懷孕、出軌、不育等更嚴重。就在婚禮的同一日，距離教堂數十公里外的吉布森湖，十四歲的萊斯利‧馬菲（Leslie Mahaffy）屍體被兩名行山人士發現，屍體被肢解後再綁上水泥扔入湖裡，後來又因屍體發漲浮回水面，法醫證實死者生前受到強姦和性虐，案件在加拿大引起轟動。

他們沒人想過殺害這具湖中屍體的兇手竟是教堂那對金童玉女。

可悲的是，萊斯利不是這對變態新婚夫婦刀下第一個亡魂，亦不會是最後一個，正義還要兩年多時間才到來，黑暗仍然要籠罩著安大略省好一段日子。但在破曉之前，讓我們先看看倆人是如何相識結合，再手牽手摧殘無數少女的生命。

「我是你的奴」

早在認識卡拉前，保羅已經在警察界獲得「斯卡布羅之狼（Scarborough Rapist）」的惡名，原因是他至少強姦了十三名女子，但礙於調查困難重重，所以身份一直未被查出。除此之外，他亦分別被兩名前女友向法院申請禁制令，因為他屢次打電話威脅要殺死她們，再講出淫穢的說話。

有人分析保羅的扭曲性格源於童年破碎家庭。首先,他的父母是被雙方家人強逼,而非真心相愛而結合。其次,父親肯尼斯(Kenneth)是個家暴狂兼戀童癖,曾性侵保羅的姐姐,讓保羅自小留下陰影。

保羅的青春期也不好過,他的初戀女友和自己好友出軌,同一時間他亦得知自己原來是母親外遇時沾上的野子。種種原因燃起了保羅對女性的憎恨,變態控制狂的性格也逐漸顯露,開始萌生「處女農場」等虐待淫穢的黑暗性幻想,後來更直接實踐起來,四處強姦女性。

另一邊廂的卡拉則正常得多。卡拉是三姐妹的大姐,自小便是學校的人氣王,被形容為可愛、聰明、成熟,受到家人同學愛戴。她還愛護小動物,畢業後便首選到寵物醫院工作。

當然有人指出卡拉中學時曾經欺凌同學、故意穿著不整齊校服違反校規、割腕假扮自殺博取關注……諸如此類。但老實說哪個青少年沒有愚蠢過?筆者青春期時認識很多類似的人,但隨著歲月流逝都變得成熟懂事,所以我不認為這是卡拉日後變態的「先兆」。

那場致命邂逅發生在 1987 年一場寵物展上。在場工作的卡拉遇上金髮俊男保羅時,便立即被他的聰慧與魅力吸引,然後不到數小時便在雙方朋友面前性交(你沒有看錯)。卡拉很快便察覺

到保羅過火的性虐待傾向。縱使如此，卡拉沒有拒絕，反而甘心為奴。

就這樣保羅進入卡拉的生活，並逐漸掌控她的人生，監管她的衣著、飲食、想法，更在公眾場合大罵她是醜婦兼肥豬。然而卡拉很沉醉在這些辱罵操控，甚至寫出一張「自我改善清單」抹殺自我來迎合保羅。

這段畸形戀愛維持數個月後，警方開始緝捕斯卡布羅之狼行動，卡拉亦差不多時候察覺男友連環強姦犯的身份。令人吃驚的是，卡拉不單止沒有覺得「這已經過火」，反而參與其中！有受害者認出被保羅強姦時，卡拉用相機從旁拍攝，然而這些證據當時都被警方忽略。

這不是加拿大警方在保羅卡拉案唯一的錯誤，基本上他們可說是連環出錯。首先，當他們登出連環強姦犯的肖像時，數名保羅的前女友走出來指認他，但她們的指控竟然不被受理！直到數個月後，兩名警探才慢條斯理地到保羅家採集血液與頭髮樣本。

配合當時警方擁有的物證，理論上是能立即破案，但因為保羅長得俊俏，而且巧言令色，不符合「典型強姦犯形象」，所以他的化驗報告輪候了足足三年才完成，間接害死之後數名少女。更加諷刺的是，警察反倒「高效率」地拘捕了兩名無辜人士蹲了數年冤獄。

逃離法網讓保羅和卡拉沾沾自喜，兩人的變態繼續互相發酵，放肆做出各種淫穢的暴行。但有一項事情一直在卡拉心裡留有芥蒂，就是自己並非處女身，這一點保羅自相識第一天便在抱怨，因為符合不到他「處女農場」的幻想。

為了留住保羅，被愛情沖昏頭腦的卡拉已經鐵了心腸，不惜任何代價都要取悅他。她不介意自己被辱罵，不介意陪他外出強姦別的女人，更加不會介意犧牲自己的家人——那個純白無暇的處女妹妹。

「喜歡看你強姦我妹妹」

1990 年 12 月 23 日平安夜，原本是家庭歡聚的節日，但卡拉另有計劃給十五歲的妹妹泰米（Tammy）。

那晚聖誕派對結束後，卡拉的父母上床就寢，留下保羅、卡拉與泰米在客廳喝酒。卡拉悄悄在泰米的酒杯內混入從動物診所偷來的安眠藥，令她喝了數口便昏過去，變成保羅的「聖誕禮物」。

事實上，卡拉一早留意到保羅對自己的幼齒妹妹很感興趣，於是私下極力說服泰米要「留貞操給將來的丈夫」，亦在同年 6 月試圖迷姦泰米，但那次失敗了。於是卡拉今次加重劑量，誓要用妹妹的貞操去補償對保羅的「過錯」。這一瘋狂實在讓人毛骨悚

然。

　　泰米昏過去後，保羅和卡拉立即把她搬到地庫，脫下衣裳，就在父母睡房底下強姦她。卡拉再次拿起攝影機，錄下男友如何性虐還未懂事的妹妹。為了確保她不會醒過來，他們再用一件沾有麻醉劑的衣服塞進她口裡。但他們未能料到藥物過量使得泰米醒過來，開始不停咳嗽和嘔吐。

　　卡拉自稱有嘗試拯救妹妹，可惜還未成功她便停止呼吸。然而更多人願意相信兩人是親眼看著泰米在痛苦中掙扎死去，因為她看到姊姊和準姊夫對自己幹了甚麼。但無論如何，在確定返魂無術後，卡拉和保羅冷靜地替泰米的屍首穿上衣裳，抱回睡房，清理所有罪證後才報警。

　　縱使泰米臉部有明顯被化學物炙傷的疤痕，但警方仍然裁定泰米的死為「一場意外」。

　　就這樣，保羅和卡拉再次在警察眼皮下逃脫。更加嚴重的是，泰米的死不但沒有嚇阻這對變態情侶，反而變本加厲，肆無忌憚地四處獵殺女孩。卡拉亦對害死親妹妹一事沒有任何悔意。

　　在一段保羅和卡拉真實日常的流出錄影裡，那喪心病狂的婊子毫無悔意地講出淫穢死者的說話，例如「我喜歡看你強姦我妹妹。」，更去假扮死者去取悅男友。當保羅說想要更多處女時，卡

拉甚至鼓勵説：「我説你應該狠操她們，奪走她們的童貞。」

另一方面，保羅亦只視卡拉為工具，加上保羅患有性功能障礙，所以只敢把淫慾發洩在女孩身上。

由此可見，保羅與卡拉的邪惡程度不亞於小丑與哈莉。但哈莉後來離開小丑成為自主女性，究竟卡拉能否如她般走出有毒男友的陰影？

還是愈墮愈深？

女性犯罪學的來源

在犯罪學有一門分支叫「女性犯罪學（Feminist Criminology）」，顧名思義就是研究女性犯罪。這門學科的出現就是迎合上世紀六十年代的女權主義運動。

當時女權主義者批評過往犯罪學以男性做主導，認為女人天生犯罪能力低下，只要違犯固有「柔弱依靠」的形象，就一定是男人做主導、患有精神病、或者荷爾蒙失調。於是她們決定重整學系，由女性角度出發研究。

為渣男獻上親妹的女人（下）

—— Karla Homolka

　　賤男人就是賤男人，不會因為妳的好而變好，知恩圖報從不與他們沾邊。妳的付出在他們眼中是理所當然，妳的卑微只是他們繼續肆虐的通行證。如果妳堅持想擁有他的心，妳可能要變得比他更加冷酷和攻心。畢竟，很多時候虐待癖與被虐癖都集合於一體。但很少人明白這道理，特別是入世未深那些，因為戀愛永遠使人盲目。

　　我們的女主角卡拉亦不例外。

「用鮮血乞討的『愛』」

　　在獻祭出親妹妹、協助拍攝強姦過程後，卡拉滿心歡喜以為與保羅的關係終於穩固，兩人開始同居，婚禮也即將進行。誰不知半年不到，風浪又再次捲起，這次逼得卡拉拉下更多人命。

　　在一次偶爾的機會下，保羅結識到護士艾莉·森沃辛頓（Alison Worthington）。關於艾莉的描述，你把她想像成肥皂劇的第三者就好了。

　　她自翊肛交愛好者，保羅喜愛的玩法，而且她能做出一些卡拉永遠無法做到的性虐花招。保羅對艾莉的需求不能自拔，一有空便與她相約做愛，有次甚至強逼卡拉扮成妹妹，笑容可掬地歡迎男友帶那女人回家打炮。

卡拉深深感受到自己與保羅的關係搖搖欲墜，而且無論樣貌身材、床上功夫卡拉都自知不如對手，還要她已經被保羅「玩厭了」，根本零勝算。如果你是卡拉的話，你會怎麼辦？筆者想稍有尊嚴的人都喊分手吧，然而愛到扭曲的卡拉卻想出一個更恐怖的方法。

她決定獻祭自己的女同事。

卡拉想，既然自己不敵對手，那為何不尋找外援呢？那婊子以為保羅喜歡肛交與 SM，但只有卡拉明白保羅心底最喜歡還是處女與強暴，真正的強暴。於是她挑選了在獸醫院結識的未成年義工簡·多伊（Jane Doe，外國保障女受害人的假名），視她為「感情黏合劑」。

多伊一直很仰慕卡拉與保羅，這對金童玉女很符合那年紀女孩對愛情的幻想。當卡拉邀請她來新家吃飯時，她想也不想便答應。多伊完全想不到她一向尊敬的姐姐竟然打算在飲料悄悄加入了大量鎮靜劑，好獻祭給自己男友迷姦。

老實說連保羅也想不到。

直到被落藥的多伊昏倒地上，女友歡呼大叫「新婚禮物！」時，保羅才意識到是怎樣一回事。當然以他那種變態性格，一定「當仁不讓」。他馬上脫下褲子迷姦這名小女孩，而卡拉一如往常

般擔任拍攝者的角色。

諷刺的是，多伊醒過來時半點都記不起昨晚的事，還多謝這對情侶借宿一宵。之後卡拉與保羅還送了很多禮物給多伊，甚至請她到溫哥華旅遊作補償。多伊驚訝地問這對情侶為何對自己那麼好，卡拉用一副溫柔大姐姐的口吻說：「這就是愛。」

另一邊廂，保羅亦很感激卡拉這份「禮物」，於是答應與婊子護士斷絕來往。卡拉順利地解決這次感情危機，婚禮如期進行，多伊更在場為兩人送上最真誠的祝福！天啊！黑色幽默還真濃厚。

可怕的是，隨著卡拉與保羅由「變態情侶」升級到「變態夫婦」，他們的變態行為亦跟著升級。他們先在婚禮數天前，姦殺了十四歲的夜歸少女萊斯利·馬菲。把她的屍體放在卡拉父母家地牢，後來又丟到湖邊。

然後卡拉與保羅又再一次迷姦多伊，那次多伊幾乎與泰米一樣因藥物過量而死掉，但後來又奇蹟地醒過來。然而這個傻小妹仍然不知道自己被人迷姦了兩次。

他們手下最後一個死者是十五歲的克里斯汀·法蘭西（Kristen French）。她在學校停車場眾目睽睽下被卡拉與保羅拐走，但意外地沒人能指認出他們。

克里斯汀是一個聰明的女孩，她在被拐前故意留下鞋子和半張地圖，嘗試為警察指點方向，但可惜她高估了警方的智力。她最後被保羅強姦足三日三夜，灌下大量酒精，被逼看其他受害人影片，學習如何當性奴，雖然據說她直到被繩索勒死前仍舊堅決不服從。

此時，卡拉與保羅已經完全走火入魔，強姦殺人接二連三地發生，整個城市陷入前所未有的恐慌，警方那時仍然束手無策，半點指向真兇的線索也沒有。

但有時候命運頗諷刺，當保羅對於自己的罪行洋洋得意，以為所有人都沒他法子時，他竟然栽在一個他一直認為最愚蠢、最順服的母豬裡。

沒錯啊，就是卡拉。

「成也卡拉，敗也卡拉」

筆者有兩位姐姐。猶記得十多年前母親教導她們：「聰明的女人獨立自強，更加聰明的女人讓男人誤以為妳順服他們，但一切其實盡在妳掌握。」雖然筆者兩位姐姐選擇了前者，但那「教誨」直到現在仍然深印在筆者腦海。

有時候聽到朋友在吹噓如何馴服妻子／女友時，筆者也忍不住吐槽他們真的以為自己安裝了一部洗腦機械在女人腦袋，她非聽你說不可。

　　其實無論一個人在愛情上表現得如何卑微，背後都包含「我願意」的成分，只要有一刻她不願意，你便瞬間變成地底泥，而且隨之而來的冷箭往往比任何外界的攻擊來得猛烈、說來就來。借用廣東話一句：「翻轉豬肚就是屎」。

　　保羅不是那種精於計算的變態，他自然不明白這道理。由他們相識第一日，保羅便用母豬等稱呼辱罵卡拉，每天不停詆毀她，要她忍受與其他女人分享自己，有時候甚至動手打她。就在 1993 年 1 月，保羅終於在一次爭吵裡無意中「打醒了」卡拉。

　　那次吵得正火的保羅拿起手電筒毆打卡拉，導致她四肢滿是瘀傷，兩眼也變成熊貓眼。

　　縱使如此，卡拉第二天如常上班，跟同事說交通意外。當然沒同事會相信她，他們通知了卡拉家人。卡拉在眾人遊說下入了醫院，她亦「突然」開始反省：究竟她這些年來犧牲了妹妹、犧牲了尊嚴、犧牲了自我，到頭來換了甚麼？

　　執迷是長久而且不自覺，清醒往往只是一瞬間，但那一瞬間已經足夠。

看清現實的卡拉決定控告保羅家暴，並搬到親戚家居住。對於保羅來說，更加不幸的是與此同時，等待了數年的「斯卡布羅之狼」DNA 報告終於出爐。

　　這簡直是上天給予卡拉的報復機會。警方只是確定保羅強姦犯的身份，但未肯定他與三名女孩死亡的關係。然而從執迷中清醒過來的卡拉突然走出來，一股腦把保羅虐殺女孩的所有罪證向警方與家人公開，一招便置保羅於死地。

　　卡拉理所當然地把所有責任推到保羅身上，但法官與警察沒有完全採信她的說詞（特別是看過錄影帶後）。

　　縱使如此，他們仍用十二年監禁的條件換取卡拉轉做污點證人指控保羅，卡拉考慮數天後就答應了。

　　至於大罪人保羅則沒有那麼幸運，在人證物證夾擊下，他被判終身監禁，而且幾乎所有囚犯都想置他於死地。監獄曾經發生過一兩次暴動，就是有囚犯想製造混亂來趁機殺死他。

　　我們可以說案件全是保羅的責任嗎？當然強姦殺人方面一定是保羅主力犯下，但卡拉的角色就完全無關痛癢嗎？

　　不要忘記保羅起初只是強姦犯，在他通往殺人犯的路上，卡拉的教唆、協助、甚至主動尋找獵物，這些行動都如乾柴般助燃

保羅扭曲的慾火。他們殺的第一人泰米，也是卡拉主動獻上才出事。

但保羅這自大狂從來沒察覺這點，只視卡拉為奴婢，忽視了這女人角色的重要性。更加忘記了她陪伴他犯罪都是為了愛，只要她不再愛你，便能反咬你一口，甚至輕而易舉地抽身離去。

「如毒品的愛情」

時至今日，卡拉已經出獄了。更加令人側目的是，她現在是三個孩子的母親，家人亦原諒她害死親妹泰米一事，過著正常的主婦生活。不止正在閱讀的你，所有網民連筆者都覺得難以接受，大家不禁問為何一個害死那麼多女孩的人能過著好生活？報應呢？

她的現任丈夫與家人抱著何種心態實在無人知曉，但可以確定一點，卡拉嚴格來說不算是變態。她通過了心理變態測試，證實沒有心理變態，只是性格有點偏激（四十分滿分，保羅有三十分，而卡拉得十六分）。於是人們又問如果卡拉是正常人，為何做得出如此變態殘忍的事呢？

首先談談卡拉的成長背景。卡拉的母親被揭發曾為了挽留婚姻，容許嗜酒丈夫外遇，甚至與情婦三人行，交換條件是向外界

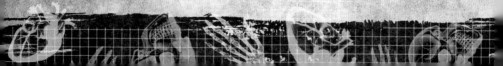

裝出一切正常。雖然兩人在其他教育方面良好，但他們自身的行為無疑扭曲年幼卡拉的愛情觀，認為「為愛犧牲底線」是正當的，為日後埋下禍根。

其次從女性犯罪學看，縱使女性犯罪率過去三十多年隨社會地位增高而躍升一點四倍，然而連環殺人犯性別比例仍然維持 9：1 男性佔優。即使女性出現在連環殺人劇本裡，亦很多時是以另一個連環殺人犯的情人／妻子出場，而且偏向助手的角色。

2002 年臨床精神學教授珍妮特・沃倫（Janet Warren）訪問過二十名虐待狂犯人的伴侶，當中便有四人曾參與過謀殺案，比率為 1：5。相反男生聽從變態女友去殺人的情況則少之又少。

這些女性共犯都有共通點，就是「對愛有很強烈的渴求」。她們甘願為留住伴侶犧牲一切，而這一種渴求又很容易被心理變態男生利用，把「愛」作為毒品去操控她們。

他們先用熱情追求打動女生，待一段時間後做出各種虐待行為，然後再偶爾給予熱情，周而復始，就像保羅對卡拉般。卡拉曾形容保羅不對她做壞事時「像對待公主一樣對待我」。正如她父母的婚姻一樣，她與保羅的關係其實也是種「毒品交易」。

只是這種毒品除害了卡拉外，也毒殺了很多無辜女孩。

恐懼鳥按：筆者寫這篇文的初衷是借此案勸告大家小心「有毒的愛情」，盲目的愛可使正常人步入魔路，亦小心自己的愛被賤人利用。但後來又很氣餒地想，你我都知愛情旋渦何其強勁，筆者自問不夠功力喚醒他們。

所以最後決定退而求其次，呼籲大家留意有沒有身邊朋友陷入「虐待式關係」，因為從卡拉的個案可看到，這種關係不單止有機會做成財產、自尊等損失，嚴重的更會鬧出人命。

老人院殺人護士情侶

　　有毒愛情不局限於男女關係，即使蕾絲邊也適用。

　　上世紀八十年代，美國密西根州一所老人院裡，便出現一對殺人同性戀情侶。

　　格溫德林·格雷厄姆（Gwendolyn Graham）和凱薩琳·伍德（Cathy Wood）是老人院護士。兩人雖然各自已婚，但相識後很快躍升情侶關係。這對蕾絲邊護士為了綁緊大家的愛，而合力毒殺或悶死五名病人，更特意挑選病人的姓名字頭，以拼出「M-U-R-D-E-R（謀殺）」。

　　後來由於格雷厄姆與另一名女性約會，所以這對殺人情侶關係告一段落。最後事件得以揭發，是因為伍德向丈夫傾訴關於殺人的事。

如同保羅與卡拉，兩人在庭上互相指摘，聲稱對方才是主導位置的變態殺手，但由於法庭將審訊過程保密，所以直到現在真實案發經過仍留下一堆問號。

　　只肯定兩人所犯下的罪都足夠她們坐牢二十年。

愛上連環殺手

—— Richard Ramirez

Richard Ramirez，在美國德州出生，是史上其中一個知名度非常高的連環殺手。相信對連環殺手有興趣的讀者們，對他所犯的罪行都略知一二。他專門在深夜潛入受害人家中進行強姦、搶劫、殺害等罪行，被媒體封為「夜行殺手（The Night Stalker）」。

Ramirez 的瘋狂行徑令我印象很深刻，因為他在 1984 年 4 月 10 日至 1985 年 8 月 24 日，短短一年多的時間，在美國殘殺了最少十四人。特別在 1985 年 3 月至 8 月這段期間，完全殺得性起，達致失控的局面。

他的童年背景跟很多連環殺手相似，小時候長期受父親暴力虐打，不過影響他最深而引致他日後成為殺人狂魔，應該是他的表哥 Miguel。Miguel 時常與 Ramirez 分享他當美軍參與越戰

時的照片，當中包括被他殺死的人和被他強姦的女人，畫面盡是血腥、暴力、色情。在 1973 年 5 月 4 日，Ramirez 親眼見證著 Miguel 開槍殺死表嫂，這個震撼的畫面是他離家出走的轉捩點。

Ramirez 疑似第一次殺人應該是在 1984 年 4 月 10 日，他當年二十四歲，在一間酒店的地庫強姦和毆打一名九歲女童 Mei Leung，最後用刀把女童刺死並把她的屍首掛在水管上。雖然他的 DNA 與現場證物吻合，但因多年後被警方發現有第三方的 DNA，所以最後因為證據不足而不能正式判定這是他首次參與的謀殺案。

要算 Ramirez 的官方第一次殺人記錄，是 1984 年 6 月 28 日，七十九歲的 Jennie Vincow 在熟睡中被他用刀刺死，其喉嚨的傷口深得頭顱幾近斷掉。

1985 年 3 月 17 日，Ramirez 在加州蒙特利公園市（Monterey Park），用二十二口徑手槍殺害三十歲的 Veronica Yu。在不足一小時內，他到鄰近的羅斯密市（Rosemead）用同一枝手槍向二十二歲的 Maria Hernandez 臉部開槍，幸好她最後大難不死。Ramirez 以為她死了，便進入她家，把三十四歲的室友 Dayle Okazaki 殺死。

1985 年 3 月 27 日，他進入惠蒂爾市（Whittier）內一間一年前被他爆竊的屋內，用二十二口徑手槍轟向正在熟睡中，

六十四歲的 Vincent Zazzara，Zazzara 的四十四歲妻子 Maxine 被聲音吵醒，嘗試用屋內的手槍反抗，可惜手槍還未上膛，反抗不成功之餘還惹怒了 Ramirez。Ramirez 向她開了三槍，還用切肉餐刀猛刺她，肢解她後把眼球挖出，放在首飾盒內。

沉寂個多月後，1985 年 5 月 14 日，他又回到蒙特利公園市，今次闖進了六十六歲的 Bill Doi 家，朝著 Doi 的臉部開槍，並瘋狂毆打他至不省人事。之後，Ramirez 在 Doi 的家中搜掠一番，更把 Doi 行動不便的妻子，五十六歲的 Lilian 強姦。最終，Doi 傷重死亡。

1985 年 5 月 29 日，Ramirez 進入了一對年老姊妹的家，用槌子把八十三歲的姊姊 Bell 重擊至半死，再用同一把槌子襲擊八十一歲的妹妹 Lang，更把她綁起來強姦。完事後，他用 Bell 的唇膏在 Lang 的大腿和睡房牆上，畫了倒五角星的符號。

翌日，1985 年 5 月 30 日，他潛入四十二歲的 Carol Kyle 家中進行搶劫，並強姦 Kyle 數次。

一個月後，1985 年 7 月 2 日，他駕駛偷來的豐田汽車到達阿卡迪亞市（Arcadia），隨機選了七十五歲的 Mary Louise Cannon 家，用一盞燈把 Cannon 打到失去意識，再用一把十吋長的切肉刀瘋狂刺她，把她殺死。

相隔三天，1985年7月5日，他進入十六歲的 Whitney Bennet 家裡，用鐵通狂毆她，再嘗試用電話線把她勒斃。但過程中，Ramirez 見到電話線濺起火花，與此同時，Bennet 開始可以呼吸，他被這個畫面嚇倒。信奉撒旦的他，認為是耶穌顯靈，並嘗試拯救 Bennet，於是他便嚇得逃跑了。Bennet 最終獲救，但頭皮需要縫四百七十八針。

　　兩天後，1985年7月7日，他又重回蒙特利公園市，闖入六十一歲的 Joyce Lucille Nelson 家中進行爆竊，並拳打腳踢至她死去為止。

　　同一晚，Ramirez 再潛入 Nelson 的鄰居，六十三歲 Sophie Dickman 的家，Ramirez 除了偷走她的珠寶外，還嘗試強姦她。他更要求 Dickman 向撒旦發誓，沒有隱藏其他貴重物品。

　　1985年7月20日，他進入了六十八歲 Maxon Kneiding 和六十六歲 Lela 夫婦一家，先用二十二口徑手槍朝夫婦倆頭部開槍，再用大彎刀把屍體肢解。然後，他偷走屋內所有貴重物品才離開。

　　隔了幾小時後，Ramirez 駕車到了另一個市鎮太陽谷（Sun Valley），他今次選中了 Khovananth 家庭，用手槍即時解決男戶主，然後將戶主的八歲兒子綁起，再毆打、強姦戶主。

半個月後，1985 年 8 月 6 日，他爬入年輕夫婦 Chris 和 Virginia Peterson 的家，向 Virginia 的臉部開槍，再嘗試向 Chris 開槍，Chris 奮力反抗，最終 Ramirez 事敗逃走。

及後的案件，Ramirez 都是用類近的手法犯案，直到 1985 年 8 月 31 日落網。

他所殺的人，不分男女老幼，有時還會採取殘忍的虐殺方式，又會強姦受害人。在殺人後，Ramirez 喜歡在受害人家中播放最愛的搖滾樂隊「AC/DC」的唱片，又會在犯案現場，甚至死者身上畫上倒轉的五角星來表示他對撒旦的崇拜。

綜合以上種種來看，我說 Richard Ramirez 是一個兇殘無比、心理變態、極度邪惡的冷血殺手，相信沒有人會反對。但竟然，這種人渣吸引了無數追隨者以及仰慕他的人。他在獄中收到來自世界各地數以百計的粉絲表達愛慕的信件。其中 Doreen Lioy 在十一年間，合共寫了七十五封信給 Ramirez。最後，如她所願，兩人結了婚，數年後，有說 Ramirez 與另一名粉絲談戀愛，在 Ramirez 死於癌症前 Lioy 和他早就分開了。

Lioy 跟傳媒說：「他很善良、很有趣、很有魅力，他是一個非常好的人，只是你們沒有看到。」如果 Lioy 的智力有問題，我尚可理解為何她會有這個歪曲的想法，但她看似是一個正常成年人，為甚麼會有這個指黑為白的價值觀呢？

在心理學層面，Lioy 迷戀 Richard Ramirez 是屬於 Hybristophilia（戀罪犯癖／戀壞人癖），是 Paraphilia（性慾倒錯）的一種。在我們的世界裡，我們認知為正常的人，大部分都是透過愛撫、性交而達到性興奮。可是，有少部份人會對一些我們認為奇怪的人或物件引起性慾，例如嘔吐物、鼻孔、太陽、尿急的人等等，有些真是聞所未聞，令我嘖嘖稱奇。

Hybristophilia 就是覺得心理變態／罪犯／壞人有著很大的吸引力，能勾起他們的性趣。Hybristophilia 分為主動性和被動性，主動性的意思包括參與或協助伴侶犯案，而被動性就是 Lioy 的例子，透過書信或探監去接觸愛人。專家發現女性有 Hybristophilia 的比例遠比男性多，真的是「男人不壞，女人不愛」？她們大多是母愛氾濫，認為那些十惡不赦的罪犯缺乏關愛，需要被照顧。而且，這類女性普遍認為自己有能力感化殘暴的殺人犯，情況就如很多女性都幻想自己能夠收服花心渣男，成為他們的最後一個女人。有些會認為和連環殺手交往，能成為大眾和媒體關注的目標，喜歡被重視的存在感。更甚者，某部分的女性會幻想自己成為變態連環殺手的施暴對象，從而增加性快感。

不過，亦有專家認為 Hybristophilia 未必一定涉及性慾，因為大部分犯人都是干犯重型罪行，需要長時間或終身監禁，其愛慕追隨者不能與之一起生活，只能談精神層面的戀愛，不會有身體接觸。反而這類人很有可能是在日常生活中，不容易有正常的戀愛關係，所以才會有這種對愛情不切實際的浪漫幻想。她們會

逃避現實，盲目認為她們所愛的犯人是善良的。（我想這是因為監獄是他們唯一能夠「約會」的地方，犯人被眾多警察看守著，當然會表現善良。）

另外，我發現一個有趣的地方，就是被大量人數迷戀的殺人犯，都是普遍大眾認為長得較帥、外表較吸引的，這點與犯人殺多少人沒有關係，而是與顏值有直接關係（不只是男生，不少女生都是外貌協會的資深會員）。

到目前為止，專家對於人們，特別是女性，為何會有 Hybristophilia 還未有確實統一的答案。

但有一點可以肯定，就是向連環殺手／殺人犯表達愛慕，絕對等同向受害者家屬摑了一大記耳光。在經過警察拘捕和法庭審訊，亦有大量物證甚至人證，犯人有罪已是無可爭辯的事實，但竟然有人可以如 Doreen Lioy，睜大眼睛說謊話，為惡魔辯護，這是顛覆人類對道德倫理的認知。

對重型殺人犯崇拜或迷戀，在其他國家亦屢見不鮮。在香港九十年代為人所知的「空姐溶屍案」，被告黃大衛除了有對他死心塌地的其中一位女友為他包攬所有罪名，更令到一位時常來獄中探望他的女社工愛上他，倆人後來更在監獄裡結婚。

在台灣，「捷運車廂隨機殺人案」的兇手鄭捷，也有追隨者

為他設立粉絲專頁。令人震驚的是，專頁不是只得幾個人自娛，而是有好幾百人讚好，並一起歌頌鄭捷做得如何好，簡直是他們的偶像云云，內容令人驚訝。不過，鄭捷的追隨者已經不只屬於 Hybristophilia 的類別，反而屬於反社會人格、或心理變態的居多。

誰是心理變態的靈魂伴侶？

大體來說，心理變態者很喜歡尋覓一些性格軟弱的伴侶，再加以控制他們，滿足自己私慾。但嚴格來說，這些稱不上「伴侶」，只是「近身工具」罷了。

如果心理變態者真的要找一個靈魂伴侶，那人又需要怎樣的性格條件呢？

根據《性格期刊（Journal of Personality）》研究指出，縱使一般人不會對心理變態的性格特質（愛說謊、沒有同情心等）感興趣，但心理變態者卻會視為理想的伴侶條件。換句話說，一個心理變態者最容易被另一個心理變態者吸引。

研究一共有六百九十六名參與者，研究員會先要求他們想像一個好看的對象，然後再從七十個性格表裡挑選出與幻想對象相符的性格。

他們發現參與者的心理變態傾向愈高，他們愈偏好伴侶有同樣心理變態水平。除此之外，普遍男性比女性更傾向另一半有心理變態及其他人格障礙性格。

研究報告指出這一發現符合「同性相吸」的假說。有人猜想這是心理變態者愛好刺激，所以很自然想另一半陪他們瘋狂。同樣如果對方都善於操控弱者，可能有種「惺惺相惜」的感覺。然

而報告亦指出「理想伴侶」與「實際偏好伴侶」永遠存在落差，所以他們的結論仍然有爭議餘地。

指使男友殺死一家四口
—— Erin Caffey

　　一位年輕女生，因為父母阻止自己與男朋友交往而策劃殺死自己一家四口，是天生心理變態，還是甚麼原因？

「外表虔誠，內裡惡魔」

　　案件中的女主角 Erin Caffey，被精神科專家認定她是典型反社會人格障礙症的患者。

　　患有反社會人格障礙症的人，佔我們人口大約百分之三至四。反社會人格的特徵包括沒有同理心、做錯事不會愧疚、慣性説謊、無責任感、喜歡刺激、做事不顧後果等等。不過，我們絕對不要標籤患有反社會人格的人，因為他們大部分都不會參與犯罪活動。

　　犯案的時候，Caffey 只有十六歲，與父母、兩個弟弟一同成長生活。爸爸是牧師，一家人都是虔誠的教徒。Caffey 家教甚嚴，

為了防止她與兩位弟弟結交壞朋友,父母堅持他們要在家接受教育,沒有安排他們上學。

Caffey 是父母眼中的乖乖女,每星期會跟父母上教堂。然而,虔誠的教徒只是表面,宗教信仰沒有令她壓制住自己極度邪惡的一面。

在 2007 年 7 月,Caffey 認識了一個大她兩年的男朋友 Charlie Wilkinson,亦即是動手殺人的其中一個被告。

如果要用現代流行的俚語去形容,Wilkinson 明顯是我們口中所講的「兵仔」,任由女神差遣,而 Caffey 就患有嚴重公主病。雖然他們兩個屬於情侶關係,但 Wilkinson 愛得卑微,根據認識他們的朋友所講,Wilkinson 愛 Caffey 愛得瘋狂,待她如女皇般,使她要風得風,要雨得雨。不過,Caffey 父母在認識 Wilkinson 後,覺得他是個反叛青年,會帶壞自己的女兒,遂棒打鴛鴦,阻止他們來往。

Caffey 因為此事而非常憤怒,為此與父母爭吵過很多次。Wilkinson 於是提議她離開家庭,和他一起私奔。恐怖的是,這個變態女生卻認為一走了之不是折衷的方法,一定要殺死父母才無後顧之憂。所謂「精人出口,笨人出手」,Caffey 將這個滅門計劃告訴 Wilkinson,最初 Wilkinson 拒絕,後來他還是答應了,並與另一個同黨 Charles Waid 兩個人行事。

2008 年 3 月 1 日凌晨，Wilkinson，Waid 和他女朋友一行三人，在美國德州 Caffey 的家門外，與穿著睡衣，在睡房裡偷走出來的 Caffey 會合。

他們安排了 Wilkinson 和 Waid 負責入屋殺人，而女生們就在屋外等候。兩個男生第一時間進入 Caffey 父母的房間，先向熟睡中的爸爸 Terry 開槍，之後就是 Caffey 的媽媽，她除了被槍擊外，亦被武士刀狂砍，頭顱差點被砍斷。十三歲的弟弟被槍擊頭部至死，而另一位八歲的弟弟則被重複地用武士刀刺死。

天網恢恢，此案的唯一生還者 Terry，成了案中的關鍵證人。

Terry 身中五槍，卻奇蹟地大難不死，並在犯人將整間房子放火付諸一炬之前，花了一小時，經歷無數次的短暫昏厥和蘇醒，用盡力氣爬到鄰居的家求救。

不知道 Terry 是幸運還是不幸，幸運的是能夠活下來，不幸的是一夜間家破人亡，原本大好家庭只餘下受重傷、日後要面對很多後遺症的自己，以及策劃今次滅門兇案的親生女兒。他因為這件事而得了抑鬱症，亦嘗試過自殺了結生命，但一想到已死去的妻子和兩名兒子，他就想見證著兇手可以受到法律制裁，最重要的是，他想親眼見到兇手們為自己所做的事而誠懇道歉。

可是，Terry 萬料不到兇手們竟然包括自己的寶貝女兒。

為了愛情而要殺死親人都不夠恐怖，最令人心寒的是當警察拘捕 Caffey 和 Wilkinson 的時候，即是案件發生後的幾小時內，他們竟在 Wilkinson 的家裡發生性行為慶祝。究竟一個女生的心腸有多壞才可以冷漠到這個地步？被警察發現後，Caffey 更裝作是個受害者，訛稱被男友下藥並拐帶到他的家，對整件謀殺案毫不知情。

　　警察將他們四個年輕人分開問話，得出一個驚人的答案，Wilkinson，Waid 和他的女友都一致告訴警方，這全是 Caffey 一個人的主意，其他人只是配合計劃，Waid 更被告知成事後會得到二千美元作為報酬。

　　最後，Caffey 被判監禁直到五十九歲才有機會假釋出獄。

「誠心悔改？虛情假意？」

　　美國著名高收視節目《Dr. Phil》中，分別訪問了 Caffey 和 Terry。（差不多所有關於罪案的，都與他的節目扯上關係。）

　　Dr. Phil 在監獄與 Caffey 會面，問了很多大眾想知道而且非常尖銳的問題，他直接問 Caffey，是不是很想父母死去，Caffey 支吾以對，避免直接回答問題；他又拿出法院的證據，包括案發現場的照片、爸爸受傷的照片、媽媽及弟弟們的死亡照片，

Caffey 看到這些照片後，裝作表現得很傷心。對，是裝作，她努力發出類似哭泣的聲音，又大力抽鼻子，但無論怎樣裝，都不能擠出一滴鼻水或眼淚，眼眶連紅都不紅一下。

面對這個訪談片段，Terry 依舊維護女兒，認為她真的是知錯了，他仍然覺得 Caffey 因為誤交損友才會發生這次悲劇，並深信一起生活了十六年的愛女，本質不是這麼壞。他與大部分父母一樣，自以為很了解自己的兒女，無論發生甚麼事，都會盲目覺得自己兒女天性善良。在心理層面上，人們很多時候都傾向相信自己所相信的，亦即是根據自己的喜惡去判斷事物，而不是按照證據去分析。

關於這宗案件，有很多地方都值得深入探討：

Caffey 說：「我非常憤怒，Wilkinson 是我的結婚對象，我準備與他渡過餘生，父母卻阻止我與他交往。」然而，她真的如口中所說那麼愛 Wilkinson 嗎？

如果真的如她所講，殺掉家人是為了能與 Wilkinson 長相廝守，那麼，為何被捕後 Caffey 會想盡辦法獨善其身，置愛人的生死於不顧？她絕對清楚知道，殺害三個人的罪名是足以令到 Wilkinson 被判死刑。但是，她還是繼續將所有責任推到 Wilkinson 身上，急於把他送死。是愛嗎？是真愛嗎？

另一個問題，如果一開始，她認為父母就是破壞她幸福的障礙物，一定要徹底消滅他們，重申，是徹底得要他們在地球上永遠消失。意思是，在她心目中，父母的存在是多餘、沒必要的。那麼，為何她在獄中會顯得很後悔，又希望可以快些出獄和父親一起生活？

如果真的只是因為父母反對他們來往，那麼為何要殺死兩個無辜的弟弟呢？

Caffey 會因為家教嚴厲、社交生活被剝奪而一直都憎恨父母嗎？父母阻止她與 Wilkinson 交往只是導火線？

據悉，被要求與 Wilkinson 完全斷絕來往之前的幾個月，她已經在心裡盤算著殺死親生父母的計劃。

案件發生後，Terry 夫婦倆的高壓嚴厲教導方式遭人詬病，被認為是導致 Caffey 成為心理變態殺人兇手的主因。有多個研究指出，除了充滿虐待的童年生活外，太過嚴厲的家教亦會造成兒童心理扭曲。

不過，世上沒有一條絕對方程式能夠計算出如何變成殺人狂魔，如果單純將這個責任歸咎於 Terry 與太太身上，實在太不公平。

最簡單的，和 Caffey 一同成長的兩位弟弟，沒有 Caffey 的暴戾性格（其他連環殺手就算有被虐待的童年經驗，與其一同受虐待的兄弟姐妹，不一定都會成為連環殺手）。就算在相同的家庭環境下長大、受一樣的教育，因為本身的性格不同，所作的行為都未必會一樣。

說到底，我們要明白，不是每一個人都性本善，我們沒有必要為這些人合理化他們的行為。

Caffey 本身就是自私、沒有同理心，為了保護自己而編織一個又一個的謊話，是一個徹頭徹尾的機會主義者。至於 Wilkinson，新聞沒有提及過他的背景，他極有可能是判斷力低，容易受他人影響及擺佈的一個人而已。

因著強大的宗教信仰，Caffey 的爸爸 Terry 選擇原諒，不只原諒自己的親生女兒，還原諒動手殺人的 Wilkinson 和 Waid。他說：「仇恨令我很痛苦，它不會令到我的家人復活，那麼，為甚麼我不放下仇恨，嘗試讓這幾個年輕人有懺悔和改過的機會呢？」

關於原諒與否這個問題，大眾都有意見不一的聲音，有人認為 Terry 的舉動很偉大；亦有人覺得這是愚蠢的行為，助長縱容天性兇殘的人是非常不智；更有人發表陰謀論，相信 Terry 只是假扮偉大，目的是為了自己就事件所寫的書增加銷量。

現在，Terry 已經再婚，展開了新生活，但他仍然保持著一年探訪 Caffey 幾次，平時亦有與她書信來往，還承諾等她刑期屆滿後，一起生活。

女人最愛的殺人武器是甚麼？

第一名：毒藥

第二名：縱火

第三名：槍械

以上數據來自美國司法部，綜合了 1980 至 2008 年所有美國凶殺案所得出的結論。

與此同時，另有研究分析 1976 至 2015 年的美國凶殺案，發現與喜歡把場面弄得血淋淋的男人相反，女殺人犯更偏好「遙距且乾淨俐落」的方法，例如下毒、淹死和勒死。

這結果倒與平日男女分手的行為吻合，男士們說分手時總是拖拉、很多情感表露。而當女人下定決心分手時，她們只是單純地「想你從她們的世界中消失」。

禁室培慾：木箱裡的女孩
—— Colleen Stan

　　雖然以下這個案件多次被翻拍成電視劇或電影，但我覺得沒有一個戲名能完全貼題。如果要我為這個故事改一個名字，應該會是「禁室培慾之斯德哥爾摩症候群：嫉妒的三角戀愛」。

　　禁室培慾在世界各地時有發生，著名的「The Toy Box Killer」——David Parker Ray 都講過：「如果其他人知道捉性奴回來原來充滿樂趣，我敢肯定地球有一半女人都會被困在地牢。」

　　金錢、性和權力這三樣一向都是大部分人類追求的東西。如果在現實世界不能循正當途徑得到，自我約束力低的人，就會以不正當的方法下手，Cameron Hooker 就是其中一個。

「屈從丈夫變態慾望的太太」

（Hooker 這個姓氏配合這宗案件也真夠幽默。）Hooker 花了兩年時間改建自己家的地牢，令那個地方變得隔音，除此之外，他更親手做了一些刑具。

七十年代很盛行「Hitchhiking（搭順風車）」（其實 Hitchhiking 是一種非常危險的行為，很多命案都是因為 Hitchhiking 而發生），他想到一個點子，就是利用他的妻子 Janice 和他一起擄人回來。究竟一個怎樣的女人，會容許並協助自己的丈夫拐帶另一個女人回來給他當性奴？

原來他們夫婦兩人之間有個協議，Janice 一直渴望生小孩，Hooker 就跟她做了個交易，他會跟 Janice 生孩子，但之後要 Janice 協助他捉一個女人回來。

不過，這個協議規定那個女人不能與 Hooker 發生性關係，只可以用來當作發洩性暴力的對象。

先談談 Janice 的背景，Janice 本身患有癲癇症，智力比正常人稍低，有一對過度嚴厲的父母，不准她交朋友，不准她單獨外出，令到她自尊心極度低。

所以，當她遇到 Hooker 的時候，整個世界變得完全不一樣，

因為 Hooker 是第一個，亦是唯一一個令她感到被愛和受重視的人。

可惜的是，她所認知的愛，其實只是一個性虐待狂對她施加暴力的一些行為，他們亦只是施虐者和被虐者的關係。

Janice 相識 Hooker 的初期，已經被 Hooker 暴力對待，但她對 Hooker 處處容忍，默默接受他變態暴力的性喜好。Janice 曾經講過，無論 Hooker 是一個怎樣的人，她都會依賴他，永不放手。

嚴格來說，Janice 也是一名受害者，就算維持著這種痛苦的關係，她仍然嫁給了 Hooker，但結婚後不但沒有令受虐情況有所改善，反而遭受到的暴力對待亦愈來愈嚴重。Hooker 會鞭打她、用手扼她的頸項令她窒息、又把她淹在水裡，有好幾次更差點把她弄死。但 Janice 沒有反抗，只為能夠繼續卑微的留在 Hooker 身邊便可以。

但是，有一樣性虐方式是她接受不來的，就是「BDSM」，BDSM 是透過綑綁和其他工具進行施虐和受虐，達致支配和臣服的效果來得到性快感。Janice 當然是飾演被臣服的角色，而她真的再不能承受過程中帶來的痛楚，所以心裡一直希望找個替身代替她受苦。

就這樣，兩夫婦便達成協議。

在1977年5月19日，Hooker駕著車，載著Janice和女兒，一家三口在美國加州的其中一條公路上尋找獵物。

「公路驚魂記」

事發時只有二十歲的Colleen Stan，正準備前往朋友的生日派對，在路上等候順風車期間，她自覺聰明地已經篩選了幾個獨身男子的車輛。

當她見到Hooker一家三口的車子時，心裡便感到很安全，然後就上車了。駕駛車子的Hooker不停在倒後鏡望著Stan，令她非常不安。

之後，汽車停在加油站，她去了洗手間，突然心裡有把聲音叫她趁機逃走，不要回頭。

可惜，她沒有相信自己突如其來的直覺，上完洗手間後便返回車上。

她回到車上，便見到一個木箱放在她旁邊，這個木箱在之前是沒有出現過的，但她沒有因此提高警覺。

車子之後再行駛了大約二十分鐘後便靠邊停下，此時 Hooker 先下車，Janice 亦抱著嬰兒下車。突然，Hooker 上前制服 Stan，蒙著她的雙眼並將她剛才見到的木箱套在她的頸項上，那個木箱是 Hooker 自己特別製造的，能把頭顱固定，鎖著頸部，令人動彈不得。

之後 Hooker 繼續駕車，最後在一間屋子前停下。他將 Stan 拖下車，把她帶到地下室。Hooker 用手銬把 Stan 的雙手扣起，再將她整個人吊在天花板上，脫光她的衣服，鞭打她。與其他性虐待狂一樣，透過傷害他人，見到別人痛苦而得到性興奮，最後，Hooker 更變態的和 Janice 做起愛來。在迷迷糊糊間，Stan 最終支持不住，昏倒了。

在頭三個月裡，Stan 一直全身赤裸，雙眼被蒙著，沒有離開過地下室。

每天近傍晚時分，Hooker 就會給予她非常少量的食物及水，讓她使用便盆，然後就會吊起她和鞭打她，有時 Janice 也會參與其中。

突然有一天，Hooker 夫婦拿來了一份似模似樣的合約要求 Stan 簽署。根據 Stan 的描述，這份合約的字眼很像正式的、有法律效力的協議書。

合約主要說明 Stan 的身份及身體是屬於名為「The Company（公司）」的地下組織，Stan 已經成為了 Hooker 的奴隸，需要專稱 Hooker 為「主人」，並要絕對服從所有要求。如果 Stan 有所不從，勢力龐大的「公司」就會殺死她的家人，因為負責操控大量奴隸的「公司」已經佈下天羅地網，想要逃脫是絕不可能的事。

當年互聯網還未流行，人們要獲取資訊沒有現在般容易，而且，Stan 的社會經驗尚淺，會天真地相信這個謊話是可以理解的。Hooker 的做法其實與邪教組織相似，除了透過生理的虐打產生威嚇作用外，還會對受害人施加心理恐嚇，從而完全控制受害人。

Stan 被迫自願成為奴隸後，需要負責所有家務，Hooker 更會隨自己心情喜好，時常突然把 Stan 叫來給他鞭打。

在長期營養不良，再加上飽受精神壓力下，年輕的 Stan 暴瘦了數十磅，月經亦停止了。再過一段時間後，Janice 竟然主動提議丈夫可以和 Stan 性交。

自此，Stan 除了被虐打外，更要被迫接受強姦。

「突然的良心發現？！」

後來，Hooker 兩夫婦買了一英畝地，將大貨車改裝成流動房屋，因為沒有了地下室的關係，所以 Stan 只可以住在一個類似棺材般大小的木箱，這個木箱被放置在 Hooker 夫婦的水床下。由於木箱體積太小，基本上是沒有空間讓 Stan 轉身或換個姿勢，就連呼吸都感到困難。

在無數個夜晚，Stan 都是帶著淚水、恐懼熬過去。在多種不同的虐待下，她有時會痛得昏過去，亦試過在忍受劇烈痛楚的情況下，在心裡祈禱：「親愛的主耶穌，求求你救我！」

原本 Janice 以為找到 Stan 來幫忙分擔被虐的角色，可以令自己舒服一點，但沒想到丈夫花在 Stan 身上的時間亦愈來愈多，Janice 竟然開始心生妒忌，她亦愈來愈留意丈夫的一舉一動。

Stan 被擄走了兩年半後，在 1980 年的聖誕節，Hooker 送了一份大禮給她。他讓 Stan 致電回家報平安，有說是因為 Stan 失蹤的新聞已廣泛被報道，他害怕警察會查上門，所以讓 Stan 與父親通話，釋除她父母的疑慮。由於通話過程被 Hooker 全程監察著，所以她不敢向爸爸求救。

隨著禁錮 Stan 的時間愈久，Hooker 愈相信自己能完全控制她，不怕她逃走，所以讓她在家附近散步。你可能會有疑問：

「不怕給其他人看到嗎？」對，Hooker就是不擔心被人看到，而Stan在散步的過程中見到途人時，她真的不敢向他們求助，因為她對Hooker所講的「公司」深信不疑，她認為只要稍有行動，「公司」便有能力立刻傷害她。

1981年3月，Hooker的大膽想法更進一步，他向Stan說「公司」覺得她行為良好，所以特別開恩讓她回家見家人，條件是她要嚴格遵從Hooker給她的指示，只要她有任何差池，在「公司」的監控下，她家裡的所有人會即時被殺清光。

就這樣，Hooker以未婚夫的身份，陪Stan回家去見她的家人。

Stan的爸爸其後接受傳媒訪問，說因為幾年沒見女兒，怕亂講說話會令她不高興而再不回來，所以，見到女兒只是比以前瘦了，看上去精神不錯，就沒有追問太多這幾年間發生甚麼事。

在結束這次見面前，Stan的後母提議拍照留念，沒想到Hooker竟然答應了，與他們拍了好幾張照片，當中還包括只有Stan和Hooker兩個人的合照。

Hooker與很多罪犯一樣，喜歡作出一些危險行為，挑戰不被發現的滿足感，例如過往有不少連環殺手會寫信或致電警局，挑戰警方。所以他除了允許Stan回家探望親人外，更膽大得讓人

拍下自己的樣子。

　　快樂的時光往往特別短，Stan 渡過了少於二十四小時與家人相聚的時間，便要返回地獄，繼續住在棺材般的木箱，繼續重覆過著被虐打、強姦、性虐待的日子，直到 1984 年，出現了重大轉機。

　　1984 年，Stan 已經被擄走了足足七年的時間，為了不要常常困在木箱裡，她向 Hooker 提出自己外出打工幫補家計的建議，因為禁錮的時間已長達七年，她亦沒有嘗試逃走的記錄，所以 Hooker 的戒備都也鬆懈了。再加上一個被拐回來的女人，除了能擔當性奴和傭人的角色外，現在竟還能有賺錢的能力，他完全想不到有任何拒絕的理由。

　　Stan 最終在一間汽車旅館裡做清潔的工作，她感到很快樂，因為在工作的時候，就是她唯一能得到少許自由的機會。與此同時，外出工作也令她獲得了「好一點」的待遇，終於不需再睡在木箱裡，可以睡在洗手間，頸項被一條大鐵鏈鎖著。

　　見到自己控制 Stan 的成效很好，Hooker 的野心變得更大，他向 Janice 表示，他想捉更多女人回來，不過，他完全低估了女人因為妒忌而爆發的力量。

　　其實，Janice 早就不滿丈夫對自己的關注比以往減少，現

在還會有更多女人和自己分享丈夫，這是絕不可能接受的事。而且，在禁錮 Stan 的期間，她們兩個女人有很多交談的機會，也讓 Janice 開始反省自己所做的實在不對。

在 1984 年 8 月 9 日，她向教會的牧師鉅細無遺地披露整件事情，牧師勸她盡快離開 Hooker，不過，她聽完牧師的忠告後，第一時間是跑去 Stan 工作的地方，向 Stan 和盤托出整件事情的始末。

Stan 聽到後感到非常憤怒，亦責怪自己的愚蠢，於是她便決定坐巴士回到自己的老家。（可能被控制得太久，霎時間喪失了思考能力，她沒有立刻報警）在乘坐巴士前，Stan 打電話給 Hooker，告訴他要離開了，永遠不會回去，電話裡頭的 Hooker 哭了。

萬料不到最終跑去報警的是 Janice，當時她告訴警察所發生的事情時，警察覺得難以置信，所以打電話給 Stan 確認一下事件是否屬實。

警方之後與 Stan 會面，得到了所需的證供後，在 1984 年 8 月 22 日拘捕 Cameron Hooker。

「斯德哥爾摩症候群」

不過，審訊過程並不如想像中順利，Hooker 以他和 Stan 的兩人合照來證明他們是戀人關係，那張合照是在禁錮期間，他們唯一一次去 Stan 的家時所拍下的，相片中的 Stan 擁著 Hooker，笑得燦爛。

另外，在 Stan 逃離了 Hooker 的這段期間，原來 Stan 曾多次致電給他，每次的通話時間都頗長，令人質疑 Stan 是自願維持關係。

有人認為 Stan 很有機會患上「斯德哥爾摩症候群」，又稱人質症候群，意思即是被害人對加害者產生情感或同情加害者，並反過來協助加害者而忘記了自己才是受害人。

幸好，這些都被法庭官方的心理學家 Chris Hatcher 推翻，他說很多拐帶禁錮案的受害人，都會做出類似 Stan 的行為，這些都可以從心理學角度解釋。最起碼，Stan 沒有協助 Hooker 脫罪，反而勇敢的出庭作證。

案件審訊完畢，Janice 因為協助警方作污點證人，最終不用判監，之後更成為了註冊社工，專門幫助精神健康有問題的人（真夠諷刺），Stan 對此都有微言，認為 Janice 有份傷害自己卻不需受罰，太不公平。

Stan 自己就進修會計學士學位課程，亦致力參與義工服務，幫助其他受家暴影響或暴力對待的女性，可惜自己的婚姻在誕下一名女兒後卻離婚收場，而女兒長大後又因犯事而被監禁。

至於 Hooker，則被判監一百年，最快可以在 2022 年申請假釋。

男女連環殺手大不同

　　女性連環殺手的動機至今仍然隱含不清。絕大多數男性連環殺人犯的動機都很單純：「性」，或者「用性與血去控制受害人」。然而很少聽到女性連環殺手性虐待受害者，又或做出姦屍等行為。

　　在已知的女性連環殺手個案裡，佔大多數的動機是「為錢」、「為利益」。但同時間「表達憤怒」、「獲得掌控權」、「享受快感」也有旗鼓相當的數量。所以說女性連環殺手的動機比較複雜與混合，這和女性對大多日常事情的看法一致。

　　除此之外，女性連環殺手下手的對象亦與男性不同。男性連環殺手的受害者一般是陌生人，相反女性連環殺手側傾向選擇與自己有關聯的人，例如丈夫、戀人、家人、親戚、同事與朋友。

　　以上特徵引申出一個獨特的女殺手種類「黑寡婦（Black Widow）」：泛指那些透過殺害家人伴侶來謀取財富的連環女殺手。

反抗父權壓迫有罪嗎？

鳥 / 歌

—— Madame Popova 和 200 名印度女人

談到現代女性，普遍大眾腦海已不再局限那三從四德、弱質纖纖這些傳統刻板印象。事業強人、堅定單身一族、運動健將等過去只有男性才配享有的社會身份，現在發生在女性身上愈來愈常見，同時亦被社會接受。職場上女性高層比例亦日漸升高，在部分職業甚至遠超過男性。日常男女伴侶互動也走向平等化。

所以大多數男人，包括筆者在內，對於近年再度捲起的女性主義風潮茫然不解，而且對於部分與法理體制有衝突的「Metoo」論點亦不敢苟同。但其實只要細心一看，世界女性仍覺得自己受到父權社會打壓並非毫無道理。

首先，根據聯合國數據，直到今時今日全球仍有 30% 女性曾受伴侶暴力對待。當謀殺案死者為女性時，有 33% 機會兇手是死者的伴侶。另外，在每年二百五十萬有報告的性侵案裡，女性受害人仍佔絕大多數。以上情況在部分保守國家，例如印度、南美等尤其嚴重。所以如果我們未能察覺此狀況，可能只是我們地區或生活圈子的人有更好的教養。

再者宏觀歷史，「尊重女性、男女平等」其實是個很初生的觀念。大約在一百年前，女人仍被主流視為男人的財產，丈夫當眾虐打妻子是可接受的社會行為。難怪得知真相的女性主義者們會如此敏感。

有見及此，筆者特別找來兩宗女性被男性壓迫得反抗殺人

的血案，兩宗案件無論發時代、地區與規模都不同。一宗是十九世紀初一名專殺家暴男的俄羅斯連環女殺手，而另一宗則是印度二百名女豪傑在法庭集體虐殺強姦犯。讓大家想下究竟她們所做的是否正義？又應否值得諒解呢？

DIE NEUE ZEITUNG (VIENNA, AUSTRIA), APRIL 3, 1909, P. 1

「個案一：俄國貴婦化身家暴男殺手」

俄羅斯人喜歡喝威士忌，這是全世界人眾所周知的事實。

假如你到當地旅遊，跟著狂喝體會一下民族風情是很好的。但如果你想在當地生活，就需明白威士忌帶給俄羅斯社會的禍害實質影響廣泛，由醫療到犯罪都會見到酗酒的身影，家暴更是當中最嚴重的。

根據俄羅斯警方 2008 年數字，每四個家庭便有一個曾發生家暴，三分二的謀殺案均由家暴衍生出來，而酗酒在數之不盡的家暴裡扮演著很重比例的角色。

更加讓其他國家驚訝的是，動手打妻子在俄羅斯竟是可接受的社會行為來！「如果男人打你，即是他愛你。」是一句自十六世紀便植入俄羅斯人價值觀的古典諺語，原文更引伸出「打老婆與孩子有助拯救他們靈魂。」等歪曲諺語。

如果你認為這只是民間小玩笑，在 2017 年俄羅斯國會便通過「家暴除罪法」，讓家暴男受到法律刑罰大幅下降。可見俄羅斯這一類開放西方國家，女性的社會地位不見得比中東婦女好。

既然廿一世紀情況都如此嚴峻，那麼二十世紀情況便更加難以想像。於是在上世紀初，俄羅斯第九大城市薩馬拉（Samara）便出現一名女人獨自挑戰整個父權社會的連環殺人案⋯⋯

波波娃夫人（Madame Popova）是一名寡婦，繼承亡夫大筆財產與經營藥草生意，讓她成為知名上流貴婦。只是很少人知道，其實波波娃夫人還隱藏了另一個身份⋯⋯

職業殺手。

有整整三十年時間，波波娃夫人秘密向不同階層的婦女收取

一筆小費用，然後殺死不斷虐待她們的丈夫，好讓那些婦女從肉體與精神囚禁裡「解放」。

波波娃夫人殺人手法通常包括徒手打死、下毒藥、刀劍，又或外聘給其他殺手。波波娃夫人自稱會先借用自己有錢寡婦這身份，去勾引那些家暴男再借機殺害他們。又或直接給重金屬毒粉那些婦女加入晚餐裡，讓家暴男死於各種慢性疾病。在 1879 年至 1909 年內，波波娃夫人一共殺了至少四十名家暴男，甚至有謠傳多達三百名。

直到 1909 年 3 月，波波娃夫人其中一名「顧客」，因為丈夫被殺而感到內疚，繼而向警方寫匿名信告狀，這一殺人生意才得以揭露。

警方接報後立即趕去波波娃夫人家。但當他們到達時，卻發現大宅早已被一群憤怒的暴民（主要是男人）圍攻。

那些暴民手持火把與鐵器，面目憤怒得扭曲。他們向警察叫喊不要插手這事，讓他們行私刑把那賤婦綁上木柱活活燒死。警方當然不服從，拔出左輪手槍命令暴民冷靜，並連忙派人叫士兵前來支援。等待期間不斷發生零星警民衝突。

而在整場衝突過程，波波娃夫人一直站在暴民們最前方，神色堅定地望著眼前所有野蠻男人。

士兵來到後馬上救出波波娃夫人，隨即押她到監獄法庭受審。她沒有在法官面前作出辯護，乾脆承認犯下所有殺人罪。

　　波波娃夫人堅稱自己所做的事都是正義的，她接下生意前都調查過目標人士是極端家暴男，而且無論何種情況她都不會傷害女人和小孩。

　　同時間，她亦向法官坦露自己過去也是家暴受害者，飽受過世丈夫的各種虐待，很明白其他婦女的痛苦，於是丈夫死後便啟發出這殺人生意來幫助她們，從不後悔自己所做的一切。

　　但殺人終歸是殺人，法院最後判處波波娃夫人四十年監禁。

　　其他「惠顧」過波波娃夫人的婦女亦面臨同樣的法律責任，但很多在警方來到前便逃到美國與其他國家，波波娃夫人這一傳奇女人的故事亦隨著她們流亡海外而得以四散開去，自此成為無數被壓迫婦女的精神偶像。

「個案二：印度強姦積犯在法庭被二百名受害人集體虐殺」

印度，這個歷史悠久的國家彷彿要向世人證明「文明與經濟其實沒怎樣關係」，所以作為世界第三大經濟體，國內女性地位一直沒有隨商品價格上升。

例如每年便有約二萬五千名印度婦女被強姦，而且由於估計99%個案沒有報警，所以這數字得乘上百倍。除此之外，亦有二百五十多名婦女因各種芝麻小事，例如外遇、想離婚、被強姦、謠言等，而被家人「光榮處決」掉。

筆者即使是男的也覺得心寒。

但正所謂「物極必反」，印度女性都有吶喊反抗的時刻，就像在印度那格浦爾（Nagpur）。那格浦爾城有一名惡霸叫 Akku Yadav。數十年來，Akku 帶著一大夥手下幹著殺人越貨的勾當，橫行霸道，連警察都被他賄賂而收歸麾下，居民對他都談虎變色。

最讓人可恨的是，Akku本身性慾旺盛，每隔一兩天便四出強姦婦女，甚至要求每家每戶主動交出一名婦女，否則全家都要蒙難。一個三百多戶的村莊，竟有至少二百名婦女曾遭受他污辱。然而那些受害人只能含冤受辱，因為一旦她們報警，警方不單止不受理，更把報案人姓名直接交給Akku，隔天便有一夥男人出現在受害人家前再強姦她一次。

直到2004年，Nagpur的婦女終於忍無可忍，受夠在Akku的淫威下過活。二百多名怒髮衝冠的婦女宛如龍捲風般捲到Akku的豪宅前，徒手把整棟建築撕成碎片。不要説Akku，連筆者想像到情景都嚇得顫慄一下，Akku匆忙跑到最近的警察局接受保護，想深一層這舉動還頗諷刺。

面對外面鼓噪的人群，印度警方不得不（象徵式）辦案。Akku與警方商量過，既然來到這一步，不如把事件鬧上法庭，你要明白「法律面前窮人含忍」，到時候給法官一筆賄款，然後隨便判少許懲罰，例如入獄一星期，轉過身又繼續作威作福。

但可惜婦女們今次不買帳。

Akku與警方計漏了一點，就是這群婦女對司法制度早已絕望，她們決定用「自己的方式」解決問題。於是乎開審當天，Akku臉帶微笑聽著審判時，大門突然爆開，二百名婦女像浪濤般席捲而來。

縱使在場有滿身肌肉的守衞們駐守，但沒有一個敢動。因為你要明白一個被逼瘋的女人所散發的恐怖，不是單靠肌肉可衡量，更何況是二百個。就這樣二百名眼佈血絲的婦女排山倒海撲向Akku，誓要把他碎屍萬段。

她們準備一堆辣椒粉和石頭拋向Akku。其中一名更拿起菜刀，一刀把Akku污辱過她們的陽具切下來，然後舉起來發出斯巴達式吼叫。吼叫聲激起憤怒，婦女們紛紛舉起長刀，一人一刀捅進Akku身上，Akku一共捱了七十多刀才氣絕身亡。

正義最後還是在法庭得以伸張，只是施行者不是法律，而是人民自己。

但故事還未完，當警察質問誰殺死Akku時，二百多名婦女竟齊聲叫喊道：「我殺的！拘捕我！」，甚至原本不在場的婦女也稍後一併加入「自首」行列，情況宛如電影《浴血戰士》奴隸們向羅馬士兵吼叫「I am Spartacus！」般震撼。

案件實在太振奮人心，消息很快便席捲全國，引發不少示威以表支持，甚至驚動總統。最後法官與警察只可兩手一伸承認：Akku死有餘辜，然後便把案件棄掉，二百多名婦女也無罪釋放。

究竟波波娃夫人的殺手生意是否正義？二百名印度女豪傑法庭殺人是否道德？

有時候談論私刑，筆者覺得執著對與錯的問題是毫無幫助。波波娃夫人與二百名印度婦女個案共通點是，她們身處的司法體制根本沒可能提供符合基本道德的結果。難道婦女們被強姦與虐打不還手又是合理嗎？

面對司法體制崩壞，人民轉用私刑尋求正義……這其實並不是道德問題來，而是像自然現象般是一條正律。不管我們安在家中的人如何批判，人民一旦不再信任法律便會自己動手。老實說，大多數平民百姓追求的是安穩生活，誰又會想突然做殺人犯？所以面對社會私刑問題，當權者應首先反問自己，究竟現存機制能否給所有人一個公平的審訊？

這議題不只局限於女性，其實不同身份階級都適用，例如性小眾、窮人、異見者。部分人批評追求平等是很理想主義之事，但實際上卻是為社會長遠安寧著想。

女人是更聰明的連環殺人犯？

　　正如大部分犯罪，女性連環殺人犯遠比男性低，比率介乎於1:6至1:9之間。但部分研究人員相信實際數字更高，因為比起男人，女人顯示出更優秀的殺手特質。她們做事有效率且低調、鮮有前科、現場很少見血。平均抓一個男性連環殺人犯需時兩年，但女性卻需要足足多四倍的時間，由九至十二年不等！

　　換個角度看，你在電視看到連環殺手行業疑似由男性佔領，實際上他們只是比較蠢才上了電視。

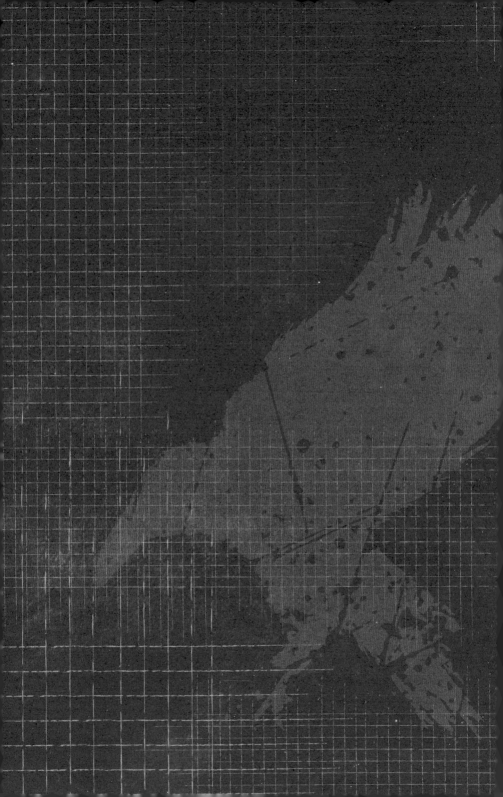

4 失蹤之謎

4.1 在郵輪假期淪為中美洲性奴
—— Amy Bradley

- 犯罪冷知識：你的價碼是幾多？
全球人口販賣價目表

4.2 周圍鄰居也是拐子佬
——William Tyrrell

4.3 遺下驚慄照片的送報男孩
—— John Gosch

- 犯罪冷知識：美國超市的兒童失蹤板

4.4 臨失蹤前撥出的詭異電話
—— Henry McCabe

- 犯罪冷知識：衣櫃裡真有食人怪物？

在郵輪假期淪為中美洲性奴

—— Amy Bradley

　　如果你在尖沙咀工作，又或不時閒逛海港城，相信對郵輪一點也不陌生。

　　那些龐然大物宛如白色海怪般，矗立在尖沙咀海旁。其燈光閃爍的外觀即使處於高樓林立的維多利亞港仍然氣勢如虹。事實上，縱使廉價航空盛行，不少港人還是選擇郵輪作為他們的旅遊工具，騎著這些海怪穿過汪洋大海，到風光明媚的異地海港旅遊。當然郵輪裡頭裝潢華麗、多彩多姿娛樂也是吸引他們的原因。

　　然而非常少人留意到，甚至想也沒想過，這些白色郵輪背後，可能蘊藏住數之不盡的罪惡。過往有乘客成立了「國際遊輪受害者（International Cruise Victim）」網站，講述郵輪公司如何因為監管不力，使他們成為各種犯罪的受害人，例如走私毒品、偷竊搶劫，甚至非禮強姦。

但比起接下來介紹的 Amy Bradley 個案，上述罪惡都是小事一樁。因為它告訴我們一旦不慎，不單止毀了你的郵輪假期，甚至被賣到偏遠的南美小國淪為性奴……

　　艾米・布拉德利（Amy Bradley）在百般不願的情況下，登上了郵輪「海洋狂想曲號（Rhapsody of the Seas）」。

　　艾米是一名蓄著烏黑短髮的女大學生，年僅二十三歲。她剛從大學畢業，找了份工作，亦領養了頭鬥牛犬，準備開展她人生的下一章。艾米同時間是一名專業泳手兼救生員。

　　但即使有著卓越泳技，艾米還是很害怕面對浩瀚大海。所以當初父親提議來個郵輪假期時，艾米幾乎一口拒絕。但在父親與弟弟再三擔保「萬大事有我們」下，1998 年 3 月 21 日，艾米還是陪同家人登上了皇家加勒比遊輪。

　　出乎意料地，艾米發現自己還頗享受郵輪的環境，只是有少許暈船罷了。船隻首先前往阿魯巴島（Aruba），然後在 3 月 23 日晚上停泊到古拉索（Curacao）碼頭。當天晚上，布拉德利一家在甲板吃過晚餐後，艾米便與弟弟布拉德（Brad）到郵輪夜店狂歡。

　　艾米在夜店結識到藍蘭花樂隊的貝司手阿利斯特・道格拉斯（Alister Douglas），一名外號「黃色（Yellow）」，身材魁梧

的拉丁男子。兩人意外地很投契，在舞池揮灑熱汗。直到凌晨三時半，艾米才與弟弟布拉德回到房間。

回到房間時，艾米向父親羅恩（Ron）抱怨酒精與暈船讓她感到不適，決定今晚睡在陽台，呼吸一下新鮮空氣，然後眾人便各自上床睡覺。大約清晨五時十五分，羅恩從朦朧中醒來，瞥見陽台外的女兒像嬰兒般睡得醂甜，於是又安心返回夢鄉。

羅恩做夢也想不到，這將是他人生看到艾米的最後一眼。

四十五分鐘後，羅恩再次醒來。在他準備叫醒家人起床吃早餐時，卻發現通往陽台的玻璃窗不知何時打開了，外面的艾米也不知所蹤。唯一確定的是，女兒換過衣服，沒有穿拖鞋，拿過香煙與火機便匆匆離去。因為這實在不像艾米平日的作風，羅恩開始擔憂起來，連忙叫醒其他家人到船艙尋找艾米的蹤影。

布拉德利一家來到控制室，要求發廣播尋找女兒，但郵輪職員以「時間太早，怕吵醒其他乘客」為由拒絕。另外，他們又拒絕將船駛離碼頭，或在出入口增添人手，防止有人綁架艾米離開。一直到早上八時正，他們終於同意發廣播，但此時很多乘客已從碼頭離開，錯失了最佳的尋人時機。即使在往後時間，郵輪船長亦不願意向其他乘客告知有女子失蹤，表示「會令其他人不開心」。

直到翌日 FBI 上船調查，那時候郵輪還有艾米去向的線索已

經所剩無幾，只知道艾米最後行蹤在當日的六時正。閉路電視看到她離開房間後，與前一天結識的道格拉斯在一起。有目擊者說看到道格拉斯把一杯類似咖啡的黑色飲料遞給艾米。亦有目擊者說道格拉斯最後是獨自一人離去，並不見艾米陪同。

至此之後，再沒有任何艾米在船艙的目擊報告，艾米如同微不足道的水滴，蒸發在這片浩瀚大海。

當年艾米失蹤案在國際掀起軒然大波，引發不少人對郵輪假期的擔憂。即使事隔多年，艾米的去向仍然是不少犯罪論壇的熱門話題。綜合傳媒與民間分析，現行主要有三大推測：自殺／失足墮海、被抓走做性奴、變態殺手。在接下來的篇幅，我們會逐一分析。

1）自殺／失足墮海

「喝醉酒第二天還未酒醒，在甲板吸煙時失足墮海，過度恐慌的家人誤以為女兒被拐走。」這看起來合情合理。雖然沒有強力證據去反駁（或者索性用權威形說服：FBI不覺得這樣），但細想一下，仍然有不合理的地方。

首先艾米雖然喝了酒，但她離開房間時已經睡了數小時，而且家人睡前亦不覺得她是失去理智的那種爛醉。況且閉路電視拍到她失蹤前步伐正常，還與道格拉斯有所接觸，更交談過一段時

血腥書簡 血腥之謎 Gory Bird Crime File #1

間，所以我們很能確定她失蹤時是酒醒的。

至於另一個自殺論，FBI 曾經為艾米做過「自殺側寫」，搜尋她船艙與家中所有私人物品、詢問她的家人朋友、有否精神病記錄等，再描繪出她的心理狀況。他們得出結論是艾米自殺或逃亡的可能性是微乎其微。

縱使我們未知報告詳細描寫，但憑著已釋出的艾米在船上寫給朋友的信件，字裡行間流露的熱情，連買給朋友的手信都準備好，再加上還有狗狗與新工作正等待她，都能感受到她對於未來生活的期盼。

再者，我們不要忘記艾米是害怕大海的，所以無論她是喝醉還是自殺，都很難令人信服她會主動走近海邊，跨過欄杆再墮海。

2）被抓走做性奴

性奴論是民間廣為熱傳的推測，主要原因是在艾米失蹤後幾年，有數份駭人聽聞的疑似目擊報告流出，而裡頭內容無一不是指向艾米被人口販賣集團抓到中美洲做性奴。

第一份報告在 1998 年 8 月，一名叫大衛·卡邁克爾（David Carmichael）的加拿大人在古拉索沙灘渡假時，看到兩男一女經過，看起來很平常。但當女子聽到大衛與朋友用英語交流時，她

突然轉過頭來，用熱切的目光望向他，然後悄悄朝他走近。可惜正當女子想開口說話之際，另外兩名男子察覺異狀，立即上前把女子夾走到一間陰暗的轉角餐廳。女子沒有反抗，但直到消失在大門前，她那些無助的目光一直沒離開過大衛。

大衛說自己一直不知道艾米失蹤案，直到某次看到犯罪節目，看到艾米的照片時才想起古拉索那名女子，因為兩者身上都有數個顯眼的刺青。而且當大衛向艾米的父親羅恩報告時，他亦能說出只有在近距離看過才說得出的刺青細節。

另一份報告在 1999 年 1 月，一名海軍軍官聲稱在古拉索一間妓院遇到艾米。據說艾米認出那名軍官是美國人，於是告訴他自己的真實名字，並說自己被人抓到這裡做性奴，希望能把訊息帶回美國。

軍官當時雖然答允，但最後因為擔心被人得知召妓後會影響升遷，而選擇沉默不言。直到數年後退休時才聯繫布拉德利一家。但那時候，妓院已經因為一場神秘大火而付之一炬。

第三份報告在 2005 年，目擊者是一名叫朱迪·毛雷爾的女士。朱迪說事發時她在另一個中美洲島國巴巴多斯（Barbados）的一所女廁裡，突然聽到數名男人衝入女廁，朝隔壁的廁格叫喊：「下一筆交易即將來到，你給我乖乖去做不要搞砸啊！」然後便離開。

數分鐘後，被嚇壞的朱迪小心翼翼地離開廁格，看到一名三十多歲的女子蜷縮在洗手盆下，樣子既絕望又驚慌。那名女子啜泣地告訴朱迪，她是來自弗吉尼亞州的艾米。

　　但話聲未落，那些男人又衝進來，不理會女子反抗強行把她拖走。

　　驚恐不已的朱迪馬上逃離現場，並向當地警察報告了她的經歷。她後來亦向 FBI 提供了那兩名男子的描述，並製作出通緝圖。然而圖片上的男子直到現在仍然沒找到，更不用説艾米。

　　但眾多報告裡，最可怕的莫過於 2005 年一封電郵。那封電郵寄到布拉德利一家為艾米開設的網站，裡頭有兩張照片。兩張都是一個疑似艾米的女人，在鏡頭前擺弄性感姿勢，展露豐臀與雙乳，然而神情卻是恐慌與害怕。

　　寄件人來自一慈善組織，專門瀏覽色情網站找出疑似人口販賣的受害人，而且他們在一色情網站找到這名與艾米很相似的女子。但你知道最恐怖的是照片出自一個怎樣的色情網站？

　　那是加勒比海的「色情旅遊」網站，一個專門在加勒比海島國辦性愛旅遊，價錢為二千五百美元七晚。他們會提供數十名妓女讓你在渡假村內任意享受，而這名叫 Jas 的女子便是他們其中一個「商品」。縱使相片看起來很八十年代，但至少網站聲稱的拍

照時間為 2003 年，在艾米失蹤之後。

布拉德利一家隨即把相片傳送給 FBI，後來亦在不同新聞節目中播出，經過無數專家鑑定，當中亦有幫 FBI 辦事的面相專家，他們一致認為相中人是艾米（但我們姑且抱有懷疑態度）。然而礙於法律及程序引致的延誤，在 FBI 成功拘捕網站主人前，他們已經捲蓆而逃。

相片也勾起布拉德利一家一些詭異的回憶。早在艾米失蹤前，他們已經察覺到船員們對艾米展露「非比尋常的興趣」。他們幾乎在第一次見到艾米，已經用一種很老朋友的語調跟她說話。

更加詭異的是，當船隻停泊在阿魯巴島時，其中一名船員更直接問父親羅恩，艾米去了哪裡？羅恩立即警覺起來，反問他們找艾米所為何事。那船員說「他們」想帶艾米到 Carlos and Charlie's，一所在 2005 年亦發生過旅客失蹤的碼頭酒吧。

當稍後艾米回來，父親問她是否與船員熟絡得一起去酒吧。當時艾米決斷地說：「我不會與那些船員去任何地方做任何事，他們令我毛骨悚然。」

所以艾米真的從踏上甲板一刻開始，便被一個寄居在郵輪上的人口販賣集團盯上，然後用迅雷不及掩耳的手段把她綁到中美洲島國做性奴，任人凌辱嗎？

這聽起來很像電影情節,有夠匪夷所思,然而郵輪刊物編輯 Steve Reeves 就曾經這樣說過:「加勒比海南部一直流傳著性奴的謠言。在海事界,年輕白人女性在外國採購者眼中非常搶手是眾人皆知的事情。甚至有傳言遊輪行業一些不良分子與人口販進行秘密交易,讓他們挑選目標,再提供目標的資訊,甚至安排罪犯上船以賺取大筆款項。」

在艾米失蹤當晚,有記錄指郵輪便放了一批陌生人上船,並在夜店與餐廳徘徊。

3)變態殺手

雖然性奴論是艾米案裡最熱門、最受公眾認可的一個推測方向,但就筆者個人來說,我不太相信艾米失蹤是人口販賣集團所為。千萬不要誤會,人口販賣是真的存在,即使在這一刻仍然有過千萬名受害人。

但就艾米是否成為性奴來說,筆者卻認為有兩點值得懷疑。首先,支持性奴論的理論調是有很多來自疑似目擊報告,但在布拉德利一家用高額金錢獎賞以獲取任何情報時,這些只有口述的報告真實性實在令人質疑。

其次,綁架艾米亦不像尋常人口販賣集團所做的事。人口販賣集團,說到底就是一夥講求利益的商人,只是他們買賣的是

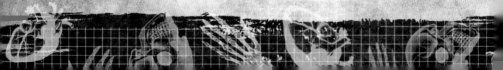

「人」罷了。為了讓工作順利，他們會很理性地選擇一些風險很低的人作目標，例如離家出走的少女、窮人小孩、離鄉獨居的女子。這些目標易下手，其失蹤亦不會引起太多人注意。

反觀艾米的情況，不單止家人常陪伴在她左右，還是個美國白人。一來很難抓，二來她失蹤定必惹來 FBI 與傳媒關注……況且艾米又不是國色天香。這非理性程度好比 2018 年還持槍打劫銀行拿現鈔，高風險但利潤低。

所以筆者認為在如此情況下還要抓艾米的人，必定衝著她有很強烈的執念。這裡還有一點可以佐證：艾米失蹤當晚，布拉德利一家在甲板餐廳用膳，餐廳職員會幫所有食客拍照，然後即刻沖曬出來張貼在手信店賣。但艾米母親發現在眾多照片裡，凡是有艾米出現的所有照片都離奇地不翼而飛……

這聽起來很像變態跟蹤狂的所為吧？

但誰人會是兇手呢？道格拉斯與那個古怪侍應都是首當其衝的嫌疑人。曾經有夜店客人看到道格拉斯當晚向艾米提議「進一步親近」時，被她狠狠地拒絕而惹來不快。但道格拉斯在這些報告到 FBI 手前，便通過了測謊機審問，之後就再沒怎樣進一步調查。至於布拉德利一家提到那個古怪侍應，其身份一直沒在調查公開。

所以筆者個人推測，艾米當日原本只是想外出抽煙（只帶香煙，沒穿拖鞋），但後來發現沒帶房門鎖匙，又不想拍門吵醒熟睡的家人，於是在附近閒逛。她就在這時候遇上兜手，但至於是被道格拉斯下藥誘拐（曾給艾米一杯黑咖啡），還是被古怪侍應強行拐走（因為艾米對侍應有警覺，所以不可能是誘拐）？由於證據所限，筆者實在給不到更多的推論。

　　但無論真相是自殺墜海、被抓走做性奴、抑或是遭跟蹤狂所殺，我們都能確定一點：隨著案件轉眼間過了二十年，無論艾米是生是死，這郵輪故事都再不可能有美好結局。

你的價碼是幾多？全球人口販賣價目表

　　縱使我們常常把「人命無價」、「眾生平等」等說話掛在嘴邊，但黑市卻殘酷地告訴我們所有人的性命都有一個價錢，而且很多時不比一棟房子貴，最諷刺是價錢更會因應種族、性別、年齡而有高低之分⋯⋯

國家來源地與組別	美元價錢 （每 1 美元折合約 7.84 港元）
中國的嬰兒	男：$7800 女：$4732
印度尼西亞的嬰兒	$160 至 $250
尼日尼亞的嬰兒	$2650
馬來西亞的嬰兒	$6588
希臘的嬰兒	$4100
中國的男童	$14473
加納的孩子	$50 付給家長， 另給人口販子 $300
伊拉克的兒童	$300 至 $5500
印度的兒童	$45（一頭水牛值 $350）
馬里的兒童	$600（童兵）
泰國的兒童	$25（短期嫖用未成年乞丐）
英國的兒童	$25000
印度的女孩	$24
羅馬尼亞的女孩	$3000 至 $6000
孟加拉國的女孩	$250
巴西的女孩	$5000 至 $10000
肯尼亞的女孩	$600
（東非）莫桑比克的女孩	$2
加拿大人	$4879
羅馬尼亞的兒童新娘	$270000
伊拉克的少女	處女 $5000，非處女 $2500

國家來源地與組別	美元價錢 （每 1 美元折合約 7.84 港元）
加拿大（安大略）的少女	$5989
柬埔寨的童貞兒童	$500 至 $800
北韓的女人	（20 歲）$1066， （30 歲）$761，（40 歲）$457
從越南到中國的「妻子」	$11800

另外，假如你（或身邊的人）不幸落入人口販子的手裡，你的可能下場是：58% 做性奴與妓女、36% 做勞工、1.5% 行乞、0.2% 器官被人割掉。

以上數據來源包括聯合國的人口販賣報告、專門研究黑市數據的網站 Havocscope、數據圖國際比賽組織 The Kantar Information is Beautiful Awards。數據年份平均在 2010 年後，所以仍很有參考價值。

周圍鄰居也是拐子佬

—— William Tyrrell

　　碰巧筆者的家人移民到澳洲塔斯曼尼亞（Tasmania），所以筆者順水推舟去那兒渡假一個月。

　　蔚藍的海洋、清甜的空氣、精緻的城鎮、樸素的鄰居，還有比香港便宜數倍的樓價。在那段期間，筆者基本上可用「樂不思港」來概括。

　　姊姊基本上贊同筆者的看法，只有一點不認同：她認為這裡不太安全。

　　「不安全？」筆者訝異地說，一個報紙頭條是「走失狗隻與主人團聚」的地方能有多不安全啊？然後姊姊憂心忡忡地望向在後園玩耍的兩個兒子，談起澳洲的戀童癖問題。

或者筆者對澳洲治安的印象，還停留在讀書時看到的「墨爾本是全球第五位安全城市」，並錯誤地將這數據套用到全澳洲，之後再沒怎探究。於是那次談話後，筆者打開電腦搜索一下澳洲兒童失蹤案與戀童癖集團。

　　沒想一宗案件便徹底顛覆筆者對澳洲的印象。

「蜘蛛俠：失蹤日」

　　蜘蛛俠服裝，是無數小孩夢寐以求的禮物，連大人都不惜花費巨額購買。但對於泰瑞爾一家，甚至所有澳洲人民來說，在那個炎陽高照的上午後，蜘蛛俠服裝象徵的不再是孩童歡樂，而是失蹤小孩的悲哀。

　　2014 年 9 月 11 日，三歲的威廉·泰瑞爾（William Tyrrell）隨家人從悉尼出發，前往位於新洲肯德爾（Kendall, New South Wales）的外婆家，並於同日晚上抵達。這是小威廉懂事以來首次與泰瑞爾一家出遠門，因為他其實加入這個家庭的時間不太久，只有一年多。在他十八個月大時才被泰瑞爾夫婦從社處機構領養。

　　抵達後第二天早上十時，威廉穿上他最喜愛的蜘蛛俠裝，與五歲姐姐在前園玩耍，泰瑞爾太太則從旁看管。

大約二十五分鐘後，泰瑞爾太太覺得口乾想喝茶，又看到母親家位於一個死胡同，街道人事物都一目了然，所以想兩想應該沒甚麼問題，然後便入屋沖茶，留下兩名子女玩捉迷藏。期間她從窗戶瞥見威廉模仿老虎咆哮「嘩嘩嘩嘩！」，一支箭朝房子的另一面飛奔。

這就是她對小威廉的最後記憶。

五分鐘後，泰瑞爾太太開始感到不對勁，因為自那聲咆哮後，她在屋內再沒有聽到小威廉的叫聲。憑藉母性直覺她毅然放下茶杯，衝到前園搜索孩子的蹤影。果然，除了一面茫然的女兒外，花園內已經再不見小威廉的身影。

適逢此時，泰瑞爾先生剛從城鎮辦過公事回家，馬上與妻子挨家抵戶詢問威廉的下落。二十分鐘後，始終沒發現的泰瑞爾夫婦覺得時不宜遲，決定立即撥打 000 向警方求救。

澳洲警方相當重視此案件，馬上調派最大量人員搜索威廉的下落。當中包括直升機、摩托車、消防員、山林隊、潛水員，以及過百名市民義工。警察地毯式檢查外婆家四周每一所房屋，山林隊走遍城鎮每一座叢林，潛水員則搜索每一條溝渠與堤壩。

縱使如此，搜索結果仍然令人頹喪，四處不見威廉蹤跡。甚至連警犬追查到氣味的痕跡依然局限於屋內，彷彿他突然從花園

人間蒸發似的。這樣的搜索持續四星期後被逼結束。

　　相當然耳，案件在澳洲掀起軒然大波，但警方在壓力下仍然只勉強獲得一條線索：兩輛私家車。

　　根據數名鄰居核實，在男孩失蹤當日有兩輛可疑私家車停泊在外婆家前。

　　正如先前所講，小威廉外婆家位於一條死胡同小路，很少有陌生車輛駛過，鄰居之間亦很熟悉對方的車輛。所以當一輛白色旅行車與灰色老轎車前後停泊在死胡同時，惹來不少鄰居的注意，甚至連泰瑞爾太太都有印象。兩輛車不單止車窗打開，裡頭空無一人，更在小威廉失蹤後立即不見，嫌疑相當之大。

　　但是要在整個澳洲大陸，尋找兩款如此普及的私家車，簡直有如大海撈針。所以警方決定先擱置這條線索，他們認定威廉的失蹤十居其九是戀童癖所為，於是翻查當地兒童性犯罪者記錄，再一一上門拜訪。誰不知這樣一查，警方發現自己手上不是一兩個戀童疑犯……

　　而是一整個戀童癖社群。

「狩獵戀童癖」

安東尼·瓊斯（Anthony Jones），一名五十九歲的爺爺，擁有一個完美的家庭。他積極參與一個叫「祖父母是二次父母（Grandparents As Parents Again, GAPA）」的社區互助組織，與其他爺爺分享照顧兒孫心得，並經常與在協會內結識的好友保羅·比克福德（Paul Bickford）老友鬼鬼去釣魚樂。簡單來說，瓊斯過著一個悠閒而正能量滿滿的銀髮族生活。

至少他的親朋好友這樣認為。

直到 2015 年，一隊警察出現在瓊斯家門前，宣佈他是威廉失蹤案頭號嫌疑人。那時候，他結婚多年的妻子才知道自己老公原來是名戀童癖，不久前才猥褻過一名十一歲少女，還曾被法院判罪過九十次，罪名包括盜竊、持有毒品、逃離拘留，和非禮兒童及婦女。

至於他的老朋友保羅亦不遑多讓，曾以買棒棒糖為名，在車上非禮一名十一歲的自閉症女孩，令女孩承受嚴重精神創傷。

「發現這些不為人所知的惡事，令我與他的家人相當震驚。那張可怕的指控清單無疑鞏固了我對他的看法：一個仇女、自負、勉強作為人存在的渣滓。」瓊斯妻子在丈夫被捕後立即宣佈離婚，並發表聲明在兒子、女兒、女婿支持下，全體家庭成員與「那男

人」斷絕關係。

同時間警察亦著手調查兩人的底細。瓊斯聲稱威廉失蹤當日他去了城鎮山林拾廢鐵，而保羅則與妻子在餐廳吃早餐，兩人亦說「他們只是普通鄰舍關係」。但證詞隨即被瓊斯的「前家人」推翻，他們說那天瓊斯確實約了保羅，還醉醺醺地回家，而且兩人關係非常親密。

還有一點很重要，就是瓊斯與保羅的私家車分別是：白色旅行車與灰色老轎車。

如果你覺得兩名爺爺級戀童犯結伴同行還不夠恐怖，瓊斯與保羅在鎮裡還有一名猥童「爺爺」朋友，六十三歲的威廉·斯佩丁（William Spedding）。

斯佩丁涉嫌在八十年代先後性虐待兩名孩子，更在 2015 年在警方盤問期間，被揭發性侵同居女友的兩名兒女，嚇得女友與女友媽媽心驚膽跳。

最恐怖的是，斯佩丁是一名水電維修工，在威廉失蹤前三日，曾經到外婆家維修洗衣機。

他原本約定在威廉失蹤當日的上午繼續修理，卻臨時失約。於是警方有合理懷疑斯佩丁在過程中得知三歲的威廉即將來訪，

並萌生犯罪念頭。

更匪夷所思的是，威廉外婆的鄰居德里克·尼科爾斯（Derek Nichols），一名八十二歲的聖公會老神父，亦是一名戀童犯。曾經在 1987 年於塔斯曼尼亞非禮一名男孩，並在 2007 年被指控藏有兒童色情物品。

事實上，根據澳洲新聞節目《A Current Affair》指出，肯德爾這個人口剛過一千人的小鎮，已經大約有二十名註冊性侵犯。

呃，筆者不知道由哪裡開始吐槽好。

筆者一直以為澳洲多袋鼠，沒想到戀童癖都那麼多？！一個小城鎮隨便便就找到四名戀童癖犯，大家都是爺爺輩份，而且線索均指向與男孩失蹤案有關聯。筆者不知道這是統計學奇蹟，抑或他們真的同謀合伙去綁架男童。

在澳洲，戀童癖犯罪集團一直是個都市傳說，雖然有正規新聞報道過疑似有一個由權貴圈子組成的國際兒童販賣組織活躍於澳洲，然而未獲得社會關注。但威廉失蹤案過後，澳洲人民不得不重新審視這可能性。

為甚麼筆者評論得那麼婉轉呢？因為這四名戀童癖犯最後都一一無罪釋放（就威廉失蹤案）。

警察確實有辦事，他們當日馬上扣查四人的私家車進行化驗，亦挖開他們家每一寸泥土，鑽開每一條水渠，搜索任何蛛絲馬跡。但無可奈何地沒找到半點證據，亦未能顯示戀童癖組織的存在，以至不得不釋放四名戀童癖犯。

　　「我只傷害過一名小孩，而非一群小孩。」保羅接受記者訪問時理直氣壯地回答。

　　聽起來傷過一名小孩沒甚麼大不了。

「另一個可能性」

　　一個男孩失蹤而兇手竟不是四名戀童癖鄰居，確定很難令人說服。而且警察對他們的搜查與威廉失蹤相隔大半年，大半年能消滅的證據多的是。縱然如此，我們或許嘗試放下有色眼鏡，審視其他可能性，承認偵查小說的橋段：在屍體旁邊拿著刀的不一定是兇手。因為除了戀童癖犯，威廉失蹤一案還有兩組嫌疑相當大的人物……

　　威廉的生父母與養父母。

　　第一個是威廉的生父生母。前文提過，威廉是出生後十八個月才被泰瑞爾夫婦領養。小威廉之所以淪落至被領養，原因是他

的生父布倫丹‧柯林斯（Brendan Collins）與生母卡莉‧泰瑞爾（Karlie Tyrrell）有數宗犯罪記錄，再加上家暴問題，被法院判決不適合養育小威廉，所以被社署人員帶走。

柯林斯的母親娜塔莉（Natalie）接受記者訪問時說，縱使兩人不生性，但他們的確很愛孫子小威廉。得知小威廉要被社署帶走時，他們驚慌得把小威廉藏在母親家及地下水道三個月，但最後仍被警察發現。娜塔莉更說小威廉被泰瑞爾夫婦領養後，布倫丹精神受到嚴重打擊，因而沾染冰毒與酗酒。

最值得我們關注的是，布倫丹「確實」有計劃過拐走小威廉，原定時間更是小威廉失蹤的同一天。但娜塔莉說那天早上，布倫丹跟她說計劃有變，因為泰瑞爾夫婦突然更改行程，提早一日帶小威廉到肯德爾，亦即是他失蹤的地方。

這是繼四名戀童癖犯後另一個巧合嗎？會否布倫丹對母親說謊，其實他跟蹤到肯德爾拐走兒子呢？沒人能確定。

另一個嫌疑人便是泰瑞爾一家，雖然這理論未受到警方重視，但在網絡上廣泛流傳。網民們說泰瑞爾夫婦其實把小威廉賣給戀童癖組織，又或謀殺小威廉，再偽裝成失蹤案。他們的主要理據如下：

一）有傳聞指領養中心一直有與戀童癖組織勾結；

二）除了泰瑞爾一家，沒人能證明小威廉到達過肯德爾；

三）泰瑞爾一家探望外婆是事出突然，不是一早計劃過，這點他們都承認；

四）泰瑞爾先生在小威廉失蹤一刻剛好回到家實在太巧合；

五）泰瑞爾一家在威廉失蹤後，花了五十萬澳元裝潢房子，疑似有一筆來歷不明的資金。

所以兇手真的是泰瑞爾夫婦嗎？雖然很難相信，但外國真的不時發生類似個案，例如在 2015 年 10 月，澳洲昆士蘭省便有一名十二歲女孩 Tiahleigh Palmer 失蹤，搜索數日後發現屍體，警方不久便查出兇手是養父 Rick Thorburn，原因是 Palmer 要向外界告發養父性侵她的事。

然而，警方亦調查過泰瑞爾夫婦，只是沒有找到證據支持他們是兇手。筆者亦相信警方有考慮過網民提出的疑點，才判定他們不是兇手。

所以拐走小威廉的究竟是誰？戀童癖集團？生父母？養父母？還是另有其人？直到目前仍然沒人知道。這些年來，警方就小威廉一案仍毫無突破性進展，懸賞獎金已經調高至一百萬澳元。如果小威廉還在生的話，他現在已經九歲了。

「我恨蜘蛛俠的服裝。」娜塔莉對記者說。

因為現在每當在街上看到孩子扮蜘蛛俠時，無論是泰瑞爾一家，抑或柯林斯一家，他們都不禁想起那孩子天真的笑容，扮演老虎的可愛吼叫，還有一條令他們毛骨悚然的問題：「隔了這些年，我究竟應希望孩子還在生，還是一開始便死掉好？」

如果是你，你又會怎想？

旭屋書館　時際之謎　Glory Bird Crime File #1

遺下驚慄照片的送報男孩

—— John Gosch

在 1982 年 9 月 5 日，一名十二歲的男孩在送報紙途中離奇失蹤。二十四年後，他的母親收到一張照片……

筆者有段時間沈迷於世界各地的離奇失蹤案，無論發生在城市或山林。它們甚至比那些變態血案更有吸引力。或者因為面對血案時，總是很容易由各種證據去繪畫犯人的輪廓。相反，包圍住那些離奇失蹤案的迷霧總是更加濃厚深邃，而且在迷霧背後，不一定是一兩個變態殺人犯，而可能是更恐怖和龐大的東西……

John David "Johnny" Gosch 是一個送報童。他每天早上會叫醒報紙店的老闆，亦即是他的爸爸，並幫他派送一兩條街的報紙。但在 1982 年 9 月 5 日，由於父親賴床的關係，所以 John Gosch 只好帶上他的臘腸狗便騎單車出發。

根據鄰居後來的證詞，John Gosch 的確派送了數十戶人家。

直到一名叫 Mike 的鄰居從家中廁所見到 John Gosch 和一個長得矮肥的男人交談，男人坐在一輛藍色福特車內。John Gosch 和男人交談後轉身離開，但 Mike 目睹有一男人從後跟上。

那是最後一次目睹 John Gosch 的官方記錄。

後來 John Gosch 失蹤了，數十戶家庭沒有收到報紙，於是打電話到 John Gosch 家投訴，他的父母才擔心起來。他們打電話報警，但警方以失蹤不足七十二小時為由，拒絕他們的報案。最後在 John Gosch 父母的哀求下，警方於四十五分鐘過後才趕過來。但到警方正式調查時，他們只能在離 John Gosch 家兩條街外找到其餘的報紙，其他線索早已不見了。

就這樣 John Gosch 從此人間蒸發。

John Gosch 的母親 Noreen 不信任警察和 FBO，亦都訝異他們對兒子的失蹤異常冷淡，於是決定自行聘請私家偵探調查，和聯絡媒體尋求幫助。

六個月後，母親 Noreen 收到一宗傳聞。有位女人在奧克拉荷馬州一間便利店前遇到一名年紀和 John Gosch 相若的男孩。他對那名女途人說：「我是 John Gosch！我被人綁架了！」但男孩話音一落，便有兩個男人衝出來夾住他的腋窩，把他捉入一輛私家車駛走。

再之後數年，Noreen 亦收到消息指有人無意中見到一張一元美金上寫住：「我還在生，John Gosch 上。」其後 Noreen 對比過，發現和 John Gosch 的筆跡吻合。

然而隨著時間流逝，媒體對案件的熱度逐漸下降，John Gosch 亦在大眾心中漸漸淡忘……

直到 2006 年。

整宗案件最讓人心寒的地方發生在 2006 年 8 月 27 日，那天是 Noreen 的生日。當 Noreen 準備出門時發現前門有一疊照片，以為是朋友送來的「生日禮物」。她翻過來一看時，驚見那是失蹤二十四年的親兒子被虐黑白照片。

　　照片很陳舊，但仍然能看到還是十二歲的 John Gosch 赤裸上身，被人用麻繩綁起來，眼神充滿恐慌和戒備，臂上也疑似有被燙烙過的痕跡。另外還有數張疑似 John Gosch 被綁起來的照片，其中一張更是和另外兩名同樣失蹤的男孩一起被綁在床上拍下的。

　　誰人那麼黑心在 John Gosch 母親生日時送來如此「厚禮」？Noreen 立即致電很久沒聯絡的私家偵探調查，得知一驚人事實：在 Noreen 收到照片差不多的時候，那些相片開始於躲在網絡深處的戀童網站廣泛流傳，供數以萬計的戀童癖者「欣賞」。

　　然而當照片到警方手上時，他們卻拒絕承認。警方發言人說那些照片是來自另一宗發生在七十年代佛羅里達州的案件。

　　一名男人叫數名鄰居孩子玩「繩索逃生遊戲」時拍下的。雖然最後驚動到警方出動，但經調查後相信不涉及性侵，充其量只

是「意淫」。所以警方説照片裡頭的小孩絕不是 John Gosch 來的，只是一場惡作劇。

奇怪的是，當記者要求更多有關這宗「意淫案」的資料時，發言人立即支吾以對。之後記者自行搜查記錄時，也找不到半點相關資料。

究竟是誰綁架了 John Gosch ？有人説其實是 John Gosch 的父親私下把兒子賣掉來償還債務，否則為甚麼那天他會一反常態，不陪兒子派報紙？而那些綁匪又會離奇地知道 John Gosch 的行蹤？

但即使是生父把兒子賣掉，買家又是從哪裡來呢？ Noreen 和大部分陰謀論者都相信有一個勢力龐大的戀童癖組織存在，而且還有警察和 FBI 為其護航。

Noreen 甚至説在 2002 年，已經二十五歲的 John Gosch 曾經來探望她，但他只是説自己很安全但仍有危險，便匆匆走了。然而，很多人都認為這只是一個歇斯底里的母親幻想出來，她的兒子應該在被綁架後不久便被殺掉。

自從尋覓者（The Finders）事件後，筆者比以往更加相信戀童癖組織的存在。再加上在暗網閒逛時，看到雖然匿名者和世界各地警方都合力打擊暗網的兒童色情，但那些可怕的照片和影

片仍然隨處可見。

所以當筆者看到 John Gosch 的案件時，不禁想起暗網那些數以千萬的兒童色情照片。它們背後究竟隱藏了多少宗駭人的兒童拐帶？又有多少個家庭被不幸撕裂？

筆者已經不敢想下去了。

美國超市的兒童失蹤板

　　這張照片是筆者去黃石公園時，在途中鹽湖城一間 Walmart 拍攝。猶記得縱使超市熱鬧多人，但報告欄所散發的寒氣仍然使人毛骨悚然。事實上，幾乎美國每間 Walmart 都有一塊報告欄張貼了該區的失蹤兒童，因為他們確實有這需要。

　　根據統計，美國每年都有多於四十六萬名兒童失蹤，其中一千五百名更被證實涉及綁架。換句話說，幾乎每一分鐘便有兒童從家人身邊消失。

　　所以這塊報告欄十多張標貼雖然寒氣逼人，但仍然只是冰山一角。

臨失蹤前撥出的詭異電話

—— Henry McCabe

鳥／歌

2015 年 9 月 7 日晚上，外出旅遊的妻子突然收到家鄉丈夫的電話。當她一接聽，電話另一端傳出的竟然是長達兩分鐘的丈夫痛苦呻吟聲和咆哮聲……自此，她再也沒見過活著的丈夫了。

面對不可勝數的離奇失蹤案，有兩點是我們應該擔憂的。第一，數以萬計的離奇失蹤案均有近似的「失蹤劇本」。即是無論失蹤者背景、失蹤過程、搜索時的困難、屍體報告均有高度相似性。筆者暫時找到的「劇本」有三個，兩個發現在森林，一個發生在城市，以下將會簡介其中一個。

「臨失蹤前撥出的慘叫電話」

失蹤案件呈現脈絡固然恐怖，但最讓人害怕的是，這些詭異

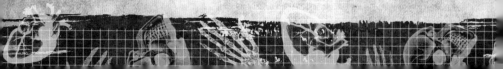

失蹤案的記錄足足橫跨了兩個世紀，從 1900 年初到 2017 年也定期發生。如果我們想深一層，亦即是那個導致多宗人間蒸發的組織／未知生物／超自然力量，直到你閱讀到這一句這一刻，仍然潛伏在我們身邊不遠處……

2015 年 9 月 7 日凌晨二時二十八分，正在加州旅遊的 Kareen McCabe，亦即是失蹤者 Henry McCabe 的妻子，突然看到丈夫的來電。她稍早前得知 Henry 去了居住城鎮的一間夜店消遣，去見一些很久沒見的朋友，所以想丈夫是否被人偷銀包，又或喝醉鬧事打架……

但當她打開電話接聽時，傳來的卻是丈夫垂死的慘叫聲。

那段電話錄音後來有在 ABC 新聞完整播放，但很快便被刪掉了，現在只剩下動新聞的十八秒節錄。縱使如此，我們仍能聽到一把清晰的男性咆哮聲，叫聲帶點漸進且非常淒厲，只有承受巨大痛苦才能發出如此反應，彷彿有人在電話另一端對他施行難以想像的酷刑。

妻子在新聞報道訪問中還說，她丈夫在電話中多次叫喊道「停手啊！」而且在奔跑中，但始終未能說出是誰在傷害他，看似是誤撥給她。

然而最可怕的是，在男人的慘叫聲背後，還有一把奇怪的咕

嚕聲。我們很難精準形容那把聲音（brbrrrbrr），筆者第一次聽時覺得像《侏羅紀公園》雙冠龍的叫聲，之後又見網民形容其像ET的交談聲。較合理的說法是一個人被硬塞到冷水中時的溺水聲。值得注意的是，那把咕嚕聲和 Henry 的呻吟聲是同時發出，所以能斷定現場至少有兩個「人」。

茫然失措的 Kareen 馬上回電給丈夫，可惜他的電話已經關掉。那通電話成為了 Henry McCabe 最後生存的記錄。那晚稍早，Henry 也有打電話給哥哥 Timothy，留言同樣充斥著尖叫和呻吟聲，但早睡的 Timothy 直到翌日清晨才聽到留言。當他早上匆匆跑到警局報案時，一切已經太遲了。任憑警察派出大批人員在市鎮內搜索，都找不到 Henry 半點的身影。

警方首先盤問 Henry 去夜店的同行友人。那天晚上，Henry 和至少三名朋友前往當地一間叫 Spring Lake Park Bar 的夜店。其中一個叫 William Papus Kennedy，是 Henry 還住在西非賴比瑞亞（Liberia）認識下來的老朋友。據他們說當晚 Henry 喝得很凶，醉得東歪西倒。為了阻止 Henry 繼續買酒，他們唯有拿起他的錢包，再由 Kennedy 駕車送他回家。Kennedy 說 Henry 在途中要求把他載到 Super America 油站，說可以自己回家，然後 Kennedy 聳聳肩便同意了。

奇怪的是，當警方翻查 Super America 的閉路電視時，並沒有找到 Kennedy 和 Henry 的片段，反而在另一間油站 Holiday

找到。最可疑的地方是，Holiday 和 Super America 不單止不相近，更在 Henry 家的相反方向。

試問如果你送一位醉醺醺的好友回家，你會把他拋在離家接近十公里的油站嗎？更不要說你早已把他的錢包拿走，要「防止」他買酒，就連計程車也坐不了，豈有那麼荒謬的事？

雖然疑點重重，但閉路電視的確拍到 Kennedy 在油站放下 Henry，警方無可奈何地放過了他。

警方之後嘗試追蹤 Henry 最後一通電話打出時的所在位置。他們發現 Henry 最後一通電話是在 New Brighton 的 Silver Lake Road 和 Mississippi Street 交界撥出，離 Holiday 油站足足有八多公里遠。正常人走一公里也要十五分鐘，八公里即是至少要兩個小時，很難想像一個如此爛醉的人可以徒步走如此長時間。縱使如此，警方在那一帶搜索了整整四星期，仍然不見 Henry 的蹤影……

直到兩個月後。

「微笑殺人理論再現」

兩個月後，一名市民在公園河流劃划皮艇時看到一具浮屍，

經警方驗證後證實是 Henry McCabe。發現屍體的河流 Rush River 離 Henry 最後撥打電話的位置有七公里遠，意指 Henry 打出那通充斥尖叫聲的電話後，又再跑多一小時。由於 Henry McCabe 的屍體沒有表面傷痕，所以當地警方推斷事件不涉及暴力衝突，判定為「意外遇溺」。

不要開玩笑吧？在聽過那段錄音後，有誰會相信 Henry 的死是「純屬意外」啊？

雖然後來警方改口，說案件仍然「開放調查」，但無論家屬或網民都不再相信警方，各種陰謀論像雨後春筍般冒出。其中一個說法指這是一場政治暗殺。事源 Henry 曾在家鄉賴比瑞亞參與十二年內戰，之後才逃難到美國。捱過了十二年或多或少都是個關鍵人物，所以人們推斷那些所謂「同鄉好友」其實是來尋仇，可能是 Henry 以前背棄了他們，又或他的存在威脅到某人，正如金正恩暗殺了哥哥般。

但在眾多陰謀論中，最勾起筆者興趣的莫過於「微笑殺人理論（Smiley Face Murder Theory）」。

微笑殺人理論指自 1997 年開始，美國本土出現一個專門針對優秀年輕男性的連環殺手，甚至是一個組織。他們獨有的殺人方式是在酒吧或派對找一些喝醉的受害者，駕駛貨車來綁架他們。然後再帶他們到偏遠的地方施行「水刑（Waterboarding）」。

水刑是筆者最為驚嘆的一種酷刑，令人瞬間感到恐懼，用毛巾蓋住受害者的臉部，然後調較成腳比頭高的姿勢，再往頭部瘋狂灌水。由於冷水不斷湧入受害人體內，但毛巾又阻止他們吐水，腦海會產生出窒息和溺水的錯覺，那種既生又死的感覺足以讓任何人崩潰。（**在此奉勸各位讀者切勿模仿。**）

水刑一般用作拷問，大部分犯人不到一分鐘便會屈服。但如果有心用來殺人，例如微笑殺手，水刑仍然可以讓受害人漫長地窒息至死，而且死狀甚為恐怖，大小便失禁、全身痙攣。不少人相信殺手是透過折磨受害人來獲取快感。

當微笑殺手把受害人弄死後，會把屍體拋棄在最近的河流或水塘，偽裝成醉酒墜海，並在屍體拋棄的位置塗上一笑面圖案，作為「殺手烙印」。當初發現此神秘殺手是因為有人留意到醉酒者的溺斃地點，和最後目睹地點不合理地相距數十公里，就像 Henry McCabe 般。

研究此理論的人聲稱至今美國已經至少有四十五宗溺斃案是微笑殺手犯下的，包括以下一則發生在 2005 年 5 月的案件。

大約在凌晨十二時四十五分，二十二歲的 Todd Geib 在派對喝醉後對朋友説可以自行回家。之後十二時五十一分，他打電話給朋友説：「我在田野」，然後便掛線。當朋友打回給他時，只聽到 Todd Geib 急促的呼吸聲和烈風聲，但當時天氣很平靜。

Todd Geib 在十二時五十七分至一時正期間多次打給朋友，但朋友碰巧沒有接聽。到朋友打回給他時，他的電話已經關掉，從此下落不明。警方派出一千五百人和多架直升機到附近一帶搜索，在河流打撈，但始終一無所獲。

四星期後，Todd Geib 的屍體被發現在派對地點附近的一個池塘。但最讓人心寒的地方是，Todd Geib 被發現時屍體呈僵硬地站立在湖中心，頭部和手臂伸出水面，就像向途人求救般，死狀甚為詭異。驗屍報告指 Todd Geib 在數天前溺斃，但其實他已經失蹤了四星期……

所以 Henry McCabe 是死於微笑殺手（或集團）手下嗎？

或者大家生活在香港這個擠迫的城市，連做愛都有土地問題時，很難相信世上有人可以殺掉多人後仍然逍遙法外。然而，無論從數據上或個案上，都有眾多證據去支持「很多連環殺手或組織一直在各大城市活躍」的理據。

Henry McCabe 的死亡的確乎合了微笑殺人理論。首先，他溺斃的地方和最後目擊地點不尋常地遠（這表示他需要第三者接送）。其次，Henry 臨死前撥出的電話錄音，現在聽起來也很像被施加水刑時發出的咕嚕聲。

除此之外，筆者還記得有一位在澳洲墨爾本留學的好友曾經

說過參加某次派對時有一對情侶吵架。女的衝了出屋外，男的追出去，好友也吃花生跟著出去。但眾人在大街奔跑的途中，好友瞥到在一條橫巷裡，一名打扮光鮮的中年男子正用一把鋒利的長刀不斷戳到一名流浪漢的肚子裡。

那個殺手看到在大街奔跑著的好友，兩人四目交投了一會兒，之後便低頭「繼續工作」。好友也因為同一時間發生太多事，未能及時意會到，便繼續趕上他的朋友。當眾人回屋時，好友看到巷子裡那兩個男人已經不見了，地上只留下一灘血跡。其後數天也沒有相關的新聞報導。

衣櫃裡真有食人怪物？

睡房的衣櫃，一直是不少孩童的惡夢根源。門後的漆黑空間總是勾起無數幻想，孩子們害怕裡頭隱藏了一隻巨爪怪物，伺機而動在半夜熟睡時抓走他們。十歲的丹尼亦不例外，時常害怕得跑到客廳睡覺，要母親從旁安慰。

只是他的哥哥巴恩卻沒有那麼慈悲，他總是聯同其他同學一起嘲笑丹尼迷信這些荒唐傳說。

於是有天巴恩決心給丹尼一個「震撼教育」，意指把他鎖進衣櫃裡。但丹尼不是傻子，他說既然你說是假，為何自己不先進去。為了在朋友前留面子，巴恩便笑住答應並走進漆黑的衣櫃裡。

起初衣櫃傳來巴恩的尖叫聲時，大伙兒以為他鬧著玩，所以跟著哈哈大笑。直到巴恩的叫聲驀然停止，怎樣問也不回應時，他們覺得不對勁。碰巧此時母親來到房間，於是打開衣櫃門，但狹小衣櫃裡一片空蕩。

巴恩真的消失不見了，只剩下一團衣服。

所有人同時尖叫。

以上是一個真實個案，最初播放在美國九十年代一個叫《真事還是小說？》的電視節目。這節目每集都有兩個故事，一個是真人真事，另一個則是捏造，然後讓觀眾猜。所以當該集揭曉時，

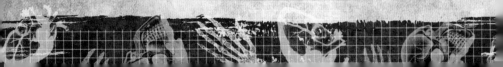

沒人想到這近乎恐佈片的劇情是真的。然而那年代通訊並不發達，沒人查詢到事件的詳細資料，成為多年來的一個疑團。

難道衣櫃裡真的有怪物抓小孩嗎？

這要直到 2008 年，一名電影製作人才解釋來龍去脈。的確有小孩不見了，確實在衣櫃裡人間蒸發，而且城鎮上至警察下至平民都嚇瘋了。

但原來在失蹤兩星期後，巴恩朋友的母親意外地發現巴恩躲藏在她家的屋頂閣樓。原來巴恩在嚇弟弟前，早就知道衣櫃裡有道暗門能逃到屋外。於是壞腦子的他想出這條詭計，嚇死所有人，再借機離家出走玩耍。

雖然事件證實是一場鬧劇，但提醒了我們再意想不到的失蹤，可能都有超乎想像的原因呢！

後記

犯罪賓果遊戲

本書之所以能順利推出，首先要多謝點子出版與總編輯奄占。因為《犯罪鳥歌》始終是新系列，而他亦願意支持我們。

當然還有書前的你，以及所有讀者的支持。雖然很老套，但沒有你們就沒有這本書是千真萬確的。

很多人經常問我們殺人犯的心理，我們希望看過本書後能給你一些概念。因為殺人犯其實就是我們，根本沒有「我們」與「他們」的明確分別，所有人皆是平凡人。

就算有科學證據顯示部分人天生較冷酷與暴力，但同樣性質的人，大多只會成為我們口中的「渣男渣女」，又或根本不察覺他們存在，與成為殺人犯沒有必然關係。

因為催生一個殺人犯正如玩賓果（Bingo）般，要同時撞中多項因素才能成事，而這些因素可以是一個執化、一個衝動、一個意外、一個決定與一個環境。正如問你為何是現在的你？為何做你現在的職業？身處現在的地方？其實也是多項因素碰撞出來。

況且宏觀來說，殺人也只是其中一個人生劇本。

但在這幅犯罪賓果紙上，哪項因素最常出現在殺人犯身上？

哪項配搭最易發生兇案？哪些是我們能提早預防？這就能衍生無限討論空間。

直到現在，眾多科學家仍然努力拼湊出整幅賓果紙，而本書內所討論的亦只是細小格。但在不久的將來，我們會為大家介紹更多「賓果格」。

希望有日我們能給你看到整張犯罪賓果紙。

點子網上書店
www.ideapublication.com

點子出版
IDEA PUBLICATION

含忍・死人・的士佬

壹獄壹世界

援交妹自白

殘忍的偷戀

殘忍的雙戀

成為外星少女的導遊

成為作家其實唔難

港L完

信姐急救

西謊極落

公屋仔

十八歲留學日記

西營盤

毒舌的藝術

新聞女郎

黑色社會

香港人自作業

精神病人空白日記

婚姻介紹所

賺錢買維他奶

獨居的我，最近發現家裡還有別人

五個小孩的校長電影小說

點五步 電影小說

有得揀你揀唔揀

This is Lilian

This is Lilian too

This is Lilian, Free

空少備忘易

爆炸頭的世界

設計 Secret

●《天黑莫回頭》系列

獨家優惠　限量套裝
簡易步驟　24小時營業 24hr

當世四大天王：
黎郭劉張（上）

● 《診所低能奇觀》系列

● 《詭異日常事件》系列

圖書館借來的　　銀行小妹
魔法書　　　　　甩轆日記

● 《倫敦金》系列

HiHi喇好地地　　我的你的紅的
一個人點知……

● 《Deep Web File》系列

向西聞記　　　　無眠書

● 《絕》系列

殺戮天國　　　　遺憾修正萬事屋

犯罪鳥歌

問罪之屍 GloryBird Crime File #1

作者：恐懼鳥、歌歌
出版總監：余禮禧
責任編輯：陳珊悠

設計助理：劉嘉瑤
製作：點子出版

出版：點子出版
地址：荃灣海盛路 11 號 One MidTown 13 樓 20 室
查詢：info@idea-publication.com

印刷：海洋印務有限公司
地址：黃竹坑道 40 號貴寶工業大廈 7 樓 A 室
查詢：2819 5112

發行：泛華發行代理有限公司
地址：將軍澳工業邨駿昌街 7 號 2 樓
查詢：gccd@singtaonewscorp.com

出版日期：2020 年 5 月 29 日（第二版）
國際書碼：978-988-79277-6-1
定價：$98

———— Printed in Hong Kong ————